はじめに

２０１０年10月に、入門編である『ルキアスエネルギー　覚醒と光の救済』（明窓出版）を出版しました。

その後、続巻を考えていましたが、毎週のように進化が起こり、これが落ち着いたら書こうと考えている間に7年という歳月が経ってしまいました。

この本では、ルキアスエネルギーが私の元に降りてくるきっかけになった出来事や、その後の事、そして出版後7年の間にどのように進化し、２０１７年11月現在、どんな事が現実化しているのか、などをご紹介していきます。

アセンションの時代だと言われてかなり時が経った感はありますが、ルキアス・アセンション倶楽部では、２０１６年にアセンションレベル１に到達しました。手探りながら、ルキアスに先導されて、ここまでやってきました。

アセンションレベルには1～5まであり、アセンションを遂げたと言われるセント・ジャーメインがアセンションレベル５です。２０１７年８月でレベル４に到達した者が私を含めて2名ですが、レベル4と5の間は宇宙規模的に差があるのです。今はまだですが、必ずレベル5の段階へ辿り着こうと日々邁進しています。

私たちが神から離れて魂となった時、魂は個性を持ちます。個性を持ったために正負が生まれ、正はポジティブなものとなり、負はカルマとなります。

このカルマは、コーザル体（メンタル体の外側の、魂と結ばれた身体の事）で撒かれる最初の種となります。この種によって、私たちは数々の体験をしていく事になるのです。「コーザル体に撒かれたカルマの種」に関しては、第三章で詳述します。

過去世で負った魂の傷が、ネガティブなエネルギーとなってあなたの肉体にとどまっています。人間は、喜怒哀楽という感情を持った存在であり、この世に生を受けたのは「感情を体験するため」と言っても過言ではありません。ところが、この感情のバランスがネガティブなほうに行ってしまうと不安や不満が生じ、生き辛さを感じてしまうのです。

知らず知らずのうちに意識下に刻み込まれた「許せない」という気持ちや、「私なんて無価値な存在だ」という思い込みが、今の悩み多き現実を引き寄せています。

それに加えて、現代人はストレスや逆境に弱くなっています。目の前に立ちはだかる問題を乗り越えようとするメンタル力が弱くなっているのです。そのために問題から逃げたり、無意識に無かった事にして封印するのですが、それでは過去世から引き継がれたプログラム（カルマ）が解消されないばかりか、さらなるカルマを積み重ねる事になるでしょう。

ルキアスエネルギーの各セッションでは、過剰に残っている恐怖心と、抑え込んでいる負の感情を癒し、傷ついた魂を解放していきます。

感情というのは喜怒哀楽だけではありません。セッション中のクライアントさんからは、恨みや嫉妬、金銭欲、独占欲、執着心、恐怖心に関わるさまざまな物語が現れてきます。セッションによって浮かび上がってきたこれらの物語や感情はポジティブなものへと書き換わり、セッション終了後、クライアントさんはとてもスッキリと楽になっています。

過去世で繰り返し学んだ事なので、アセンションの時代に入った今、そろそろ終了の時になっているのです。

これからは恐怖心を手放し、肉体から重い感情を解放し、明るい未来に歩んでいく時代がやってくるのです。

光が多くなる分、闇が深くなりますが、闇を怖がらず進んで行きましょう。

私、華永は、ルキアスエネルギーのソースでありマスターとして、一人でも多くの方にこのエネルギーを繋《つな》ぎたいと「ルキアス・アセンション倶楽部」を設立し、約11年の間に数多くのルキアスヒーラーが誕生しました。

光華《こうか》（伝授）を受けた後は、あなた自身が「光の柱」となるため、自分や他者を癒すヒーラーとしての道が開けます。それだけでなく、ルキアスの強力な浄化パワーで自宅や職場など（あなたがいる場所）の全てが癒しスポットとなるのです。

ヒーラーとしての能力を維持するためには、自動自己ヒーリングを続ける事と、毎月開催の「ルキアス光華者の集い」にできるだけ参加する事。そして自分に起きている事は、あなたの魂の学びを進めるための出来事だと考えて生きていく事。トラブルに遭ったとしても、「これは私に何を教えるために起きているのか？」と考える癖《くせ》をつける事。そうして過ごしていけばルキアスは常にあなたを見守り、正しい道へ導いてくれます。光華を受けると、その時からマンツーマンで導きが始まります。滝行などの厳しい修行をする必要は一切ありません。

実際に、光華を受けた多くの方々が、負の感情や恐怖心から解放され、魂の学びが進んで行っています。健康・人間関係・仕事・お金などのさまざまな問題が解決するだけでなく、積み重なったカルマという足かせが外れた事で、みなさん「輝きに満ちた自分」を取り戻しています。


時代の変容を推し進めるには、一人ひとりが「光の柱」となる事。

ルキアスエネルギーを地球に注ぎ、地球とルキアスエネルギーを融合したエネルギーを宇宙に注ぐ「光の柱」になれば、周りの人たちを癒し、地球を癒し、宇宙を癒す存在となります。そして潜在意識が組み変わり、あなたの中の眠れる能力が最大限に引き出されます。

だからこそ、あらゆる事が可能になるのです。

本書を読み進めながら、どうぞ覚醒を促すエネルギーとの共振感覚を味わい、楽しんでみてください。

平成29年11月15日
ルキアスエネルギー・マスター　華永

肉体と共に次元上昇するルキアスエネルギー　目次

第二章 ルキアス・アセンションベーシックコース

第三章　単独で受けられるミラクルセッション

第五章　テラヘルツ入りオルゴナイト

第六章　ルキアス光華者の集いと奇跡の波動水

第一章　人類と地球に変容をもたらすルキアスエネルギー

2017年現在の華永にできる事

現在の私はエネルギークリエーターです。さまざまなエネルギーを使いこなす事ができ、名前さえわかれば、どのような高次のアセンデッドマスターでも、即、召還でき、そのエネルギーを物に定着させる事もできます。

それはあらゆる事に応用でき、例えばバイオフォトン・セラピーの医療機器で行われている細胞レベルのヒーリングやアレルギーの改善なども、たった一度の遠隔で完了できます。このセッションに関しては大勢の被験者がいて、たくさんの感謝の体験談をいただいています。

その他に、波動水（エネルギーが他の液体に転写される元となる水）を一瞬で作る事もあり、それは確実に使える水として効力を発揮しています。

例えば「正常免疫に戻す」の波動水は、花粉症知らずになります。「除菌消臭」の波動水は、洗濯する際に一滴洗濯機に入れれば、臭かった洗濯物も無臭になります。

これらはルキアスエネルギーに関わった方々に無償で提供しています。波動水作成は、水に触る事なく、エネルギーを水に転写するのみで完了します。

覚醒しないよう封じられていた

物心がついて大人になるまでは、特に自分の能力を自覚する事はありませんでした。が、私が20代前半の頃、長崎の超能力者が年に数回、関東の土地を鎮めるために上京してこられていたのですが、この方に私の能力が将来覚醒しないように抑えてもらっていました。

これは私の母の依頼でした。この超能力者から私の将来（35歳過ぎから）出てくる能力を聞かされた母は、私に「普通の主婦で人生を終えてほしい」と願ったのです。

不思議大好き

それでも、子供の頃から不思議な世界が大好きで、何事にも興味津々だった私は、自分の子供たちに手がかからなくなった頃、まずは算命学という運命学の道を学び始めました。
それからAというエネルギーを、そして前世療法を学び、クリスタルヒーリングを学ぶ事となりました。結果、母親が願った道とは反対に向かって行った事になります。

算命学を学ぶ

商家に育った私は、両親が新しく人を雇い入れる時には、四柱推命の鑑定家に依頼して、この人は商売に向いているか？店に良い影響を与える人か？を調べて決め、結果、店が繁盛していたのを知っていました。その頃から、占いとは面白いものだ、将来学びたいと思っていたのです。

算命学は、古代中国の王家に伝わる学問であり、非常に優れた鑑定法で、占い界の大学院と言われる奥の深い運命学です。元々は軍略に用いられていたものだそうです。

私が子供の頃からご縁があった四柱推命ではなく、算命学を学ぶ事になったのは偶然によるものですが、後々それで良かったのだと心から思う事になりました。

算命学は、学校に通って学びました。最初は赤坂の学校、それから算命学宗家の高尾学館に、計7年以上通う事になりました。この勉強を通して、算命学を深く追求している先輩たちにも出会い、今もお付き合いを続けています。

Aエネルギーを学ぶ

その算命学の先輩の一人がAエネルギーの体験会に出た話から、私もそれを学ぶ事にしました。

伝授を受けている間に何かを感じる事も無く、無性に眠くて起きていられない状態でした。先生に「そんな事では受け取れませんよ」とまで言われる始末。今振り返れば、その時の先生には、私に何が起きているのかがわかっていなかったのだと思います。

大きなエネルギーを受け取る時は、ダウンロードの状態になり、起きている事自体が大変なのです。私はAエネルギーの道を通って、はるかに高次のエネルギーも受け取っていたからです。

そんな伝授の状態でしたから、Aエネルギーの事を信じていませんでした。ところが、外出準備で急いでいる時、階段を踏みはずして足の親指の爪が半分取れかかるという事故が起きました。待ち合わせの時間も迫っていましたが、それよりも、あまりの痛みに必死でエネルギーを流している私がいました。すると、激痛がスッと消えたのです！

その後、血を洗い流して取れかけている爪を切り取り、バンドエイドで止めて、そのまま一日外出できました。それも歩きでです。痛みも無く、そんな奇跡のような出来事が後日もう一度あり、エネルギーというものを信用するようになりました。

運命学の限界を知る

ある朝、毎週のように鑑定に来ていた女性から、「睡眠薬を100錠飲んだ」という、お別れの電話がありました。その頃は睡眠薬の市販はされていなかったので、正確に言うと、その薬は精神安定剤でした。が、その中ではかなり強い薬で、これを100錠以上飲むと死ねるという事を、以前に彼女の口から聞いた事がありました（この事件の後で、この薬は発売中止になりました）。

その頃は、本音で話せないだろうという事から、鑑定に来られる方々の本名や住所などを訊ねていなかったので、連絡方法は携帯電話だけ。すぐに警察にその事を知らせましたが、警察が彼女の家を突き止めた時には夜になっていました。結果的には助かったのですが、この事件が運命学に対する限界を知るきっかけになりました。

前世療法（ヒプノセラピー）との出会い

彼女には12歳年下の彼氏がいて、好きだという感情を弄《もてあそ》ばれていました。鑑定で「この人は貴女には合わない」といくら伝えても、「はい、お別れします」とは答えるのですが、結局は離れられない。結果、自殺未遂……となっていったのです。頭では理解しても、心はついていてはいけない。感情は、理性ではどうにもならないとこの時知りました。

そんなゴタゴタの時、『前世療法』という本から知っていた催眠療法が、日本でも教えられている事を知り、学ぶ事にしました。運命学では限界だと感じていた心が納得するツールになると、その時に思ったのです。

輪廻転生の仕組みを知る

前世療法を学んだ後、クリスタルヒーリングも学びました。クリスタルをチャクラの上に乗せる事で、催眠に入らないタイプの方々も深く入る事ができました。

この前世療法から魂の世界を見る事になり、転生と転生の間の魂の秘密を知る事になりました。「人間は、人間にしか生まれ変わらない」と有名な霊能者たちが話していますが、それが嘘だという事（無知である事）もそれらを通してわかりました。

人間と人間の生まれ変わりの間に、短いサイクルで命を終える虫や動物に生まれ変わり、カルマの返済を行っているのを知りました。

これは私が見たのではなく、ヒプノセラピー（催眠療法）を受けている方々が自分の体験した世界を話してくれたのです。蚊や豚だった話も聞きました。蚊については「植物の露で生きている雄の蚊ですか？」との私の質問に、「人間の血を吸う雌の蚊だ」と即答でした。

この蚊だった人は、その前の人生で「破産した当日に、子供の頃から仕えてくれているメイドに意見されてカッとなり、棒で叩き殺した」そうです。そして捕まり、「殺した事よりも、死刑の判決が下ったという事を悔やみ、処刑される直前に初めて殺される恐怖がわかった」と話していました。

反省も無いという事で、こういう運命になったのですが、自分が叩き殺すと、叩き殺される事を体験させられる事になるのだと、ある意味感心しました。

魂の世界は合理的ですね。人間の世界では逃げられても、このような仕組みでは決して逃げおおせる事はなく、さらに恐ろしい事になるのでしょうね。

魂の世界ではレイプは重罪

人間社会での裁かれ方としては、レイプは比較的に軽い扱いを受けていますが、魂の世界でのレイプは重罪のようです。セミや豚など過酷な転生の体験を話す人に、「何をやったのか？」と問うと、自分と同じ奴隷だった女性が女官に取り立てられたのを嫉妬して、レイプしたそうです。その結果、天敵が近い所にいるので鳴けないカエルや、セミ、豚などを体験させられたのでしょう。

ヒプノセラピーでは、深く催眠状態になった方のハイヤーセルフにお願いして、魂の世界の謎を訊ねていきました。

宇宙での転生の体験や、生まれ変わる前のゲートの入り口の話、物に生まれ変わった一生など、興味深いエピソードの数々でした。

その後ヒプノセラピー養成講座を開催して、講師としてヒプノセラピストを多く誕生させました。

エロヒム登場！

そんな養成講座の卒業前の実践練習の日（２００５年３月19日）、別室でヒプノセラピーを行っていた生徒が私を呼びにきました。ハイヤーセルフが私を呼んでいると。

ハイヤーセルフが私を？ と不思議に思って部屋に行くと、そのハイヤーセルフは「エロヒム」と名乗りました。

この事は、その当時の私のHPの『独り言』に書いているので、一部をご紹介しましょう。

＊　＊　＊

ハイヤーセルフを呼んだら、『エロヒム』と名乗る存在が現れて全員驚く。そこから私が直接セッションをする事になった。私に頼みがあって現れたとか。

この名前は私が子供の頃のテレビ番組で、確か魔法陣を作る時、『エロイムエッサッサ』と言いながら誰かを呼び出す子供向けの番組があったので、聞いた事がある程度。

確か、地球の神様という程度の知識。面白い事にそれを話してくれた被験者は知らなかったそうだ。

そしてその時、エロヒムの驚くべき発言があった。これを聞き、明日の夜に私たちが行う内容がガラリと変わってしまった。

彼女たちが光を取り出す時、一緒に出てくる闇だけを抑えようと思っていたが、全てを封じる事になった。今の人間わざで、片方だけを取り出す事は不可能だとのメッセージだったゆえ。

＊　＊　＊

エロヒムは、ハイヤーセルフを呼び出す時に割って入ってきたようです。緊急だったのでしょうね、私たちの前に出てきたのだから。エロヒムですよ！

彼女たちとは、Mさんというクリスタルヒーリングの先生が組んだツアーの一団の事で、春分の日にエジプトのクフ王のピラミッドで儀式を行う予定になっていました。

私は参加していないのですが、現在、スタッフとしてルキアスセンターで重要な働きをしている廣華《ひろか》さんが、この時のツアーに参加していました。ツアーは表向き「地球に愛と平和をもたらす儀式を行う」という事で、募集したものでした。

しかし、「愛と平和をもたらす……」ではない！という事を、廣華さんは当日知る事になりました。

儀式を止めてくれ！

エロヒムが言うには、以前、私が師と仰いでいたクリスタルヒーリングのMさん率いる一行が、春分の日に、エジプトのピラミッドで儀式を行う予定だが、それを止めてほしいと。ピラミッドの中に封印された物を取り出し、地球に愛と平和をもたらすという話は、実は嘘で、Mさん自身のパワーを上げるためのものでした。Mさんはそこから光のみを取り出すと言っていました。

ところが、エロヒムが言うには、それは無理な事で、闇を世界に放つ事になるから止めてほしいとか。

Mさんの真の目的は、古代に封印されたエネルギーを取り出して、そこから光のみを取り出し、自分のパワーのために持ち帰る事だと、ある方のハイヤーセルフから聞かされていたので、その時に闇が放たれないように、日本からエネルギーを送り抑え込むという手筈はついていました。

エロヒムが言うには、「闇と光は一対だから、今の人間わざでは光だけを取り出す事は無理だ」とか。取り出す事自体を阻止して、闇が世界に放たれる事を阻止してほしいとの事でした。
そこで、その場にいたヒプノセラピストたちや友人たちにエロヒムの話を伝えて協力を仰ぎました。

福岡で大地震発生

3月20日朝、福岡で大地震が起きました。この日の被験者さんのハイヤーセルフが、その地震は自然の物ではなく、人災だと話し始めました。昨日のエロヒムに続いて、別の人のハイヤーセルフがです。大きな地震があったのは当然知っていましたが、これが人災とは⁉

春分の日に、エジプトの大きなピラミッド内で儀式をする事は知っていましたが、その朝はまだその時ではありませんでした。彼が言うには、「大きな儀式の前に、準備として行った儀式」だとか。準備の儀式であれだけの大きな地震が起きるのならば、本当の儀式では大変な事になりそうだと想像できます。

帰国後の廣華さんから聞いた話では、階段ピラミッドのような所で、その儀式らしき事を行ったそうです。

廣華さんともう一人の友人が無事であるようにと、エネルギーを送りました。このエネルギーは立っていられないようなすごいエネルギーだったと後から聞きました。

皆で儀式阻止を

この一連の事をブログで書いたら、Mさんファンたちからバッシングの嵐でした。その後、このファンたちは、この事は本当だったのかも……と思う事になるのです。あの温厚で愛の塊のようなMさんが、その後、生徒や友人たちと争い続けたからです。

私の友人たちにエロヒムの話した事を伝え、その時間、各自一斉に扉を閉じたままにするエネルギーを流す事になりました。

私は深夜の真っ暗な部屋で一人、その時を待ちました。時間が来てエネルギーを送り始めると、すごい風が起こりました。その風に向かって一心にエネルギーを送ります。この時はまだルキアスが降りてくる前の年であり、ただ闇が世界に放たれないようにと、神に祈りながら送りました。

その時エジプトの現場では

廣華さんにこの事態を連絡する事はできませんでした。今のようにスマートフォンが普及しているわけでもなく、連絡手段は皆無でした。ただし、出発前に「Mさんが、以前のMさんではない」という事を廣華さんのハイヤーセルフから知らされていたので、用心して参加していたのです。

儀式が始まると、ピラミッドの天井付近の空中に扉が開いたそうです。それと共に、ヘドロのようなものが一斉に出てきたとか。廣華さんは驚いて扉を閉めようとしたけれど、ドロドロしたものなので、「阻止できない！」と諦めかけた時、金色の風に乗って強力なエネルギーがやってきたのがわかったのだそうです。

しかし形勢はまだ悪く、一旦出てきたドロドロした物を押し返すのは無理か……と思っていた時に、巨大な龍が現れ、一気に扉の中に押し返して扉が閉じたそうです。

その時の事を、一緒に阻止するエネルギーを日本から送っていた友人のM子さんが視たそうです。金色の籠《かご》に入った私が巨大な龍に乗り、ピラミッドの上から降りてきて、押し返したそうです。籠の中の私を守ったのはM子さんだったとか。

3つの闇が解き放たれた!

その時はわかっていなかったのですが、扉が開いた時、3つの闇が世界へ放たれました。

1つ目は、過激派組織ISたちがやっている殺戮。

2つ目は、環境破壊。

3つ目は、虐待。

元々世の中にその闇があったとしても、それが強力になったという事です。でもあの時、全ての闇が解き放たれていたら、今の地球は無かったのでは？と思います。

今になって廣華さんとこの話をすると、キラキラしたものも見えたとか。闇が出てきた分、光も出てきたのかもしれませんね。一対ですから。

無条件の愛を知る

強烈な事が続いた２００５年でしたが、さらに私にとっては衝撃的な事が起こりました。でもこの事がきっかけで、私の所にルキアスエネルギーがやってきたのだと信じています。この出来事はテストだったのでしょう。その時の日記をご紹介します。

＊　＊　＊

※以下、２００５年10月5日の日記から
私が過去世から持ち越した愛の条件とは、「信頼」。その反対は「裏切り」。

信頼を裏切られた時、私は最初嘆き、それから怒り、そして捨て去る。破壊もあったようだ。

女神だった時、最初自分の民を子供のように愛した。その時は人間たちとうまくいっていた。そして人間の代が変わるうち、女神に守られた民たちはそれが当たり前だと考えるようになり、不敬になっていった。

女神は最初それを悲しんだ。その後怒り、洪水を起こし全滅させた。そして当然罪悪感が残った。

その繰り返しをしている。何度も女神だったりエネルギー体だったり、シャーマンだったりした過去世で。そう、ある方から言われた事がある。ジェーアンにも。

※故ジェーアン・ダウ女史。クリスタルヒーリングの草分け的存在。ダウクリスタルの名前は彼女が由来。華永は、マウイ島で2年連続ワークショップに参加しました。

人間としての現世の自分を振り返ってみても、一生懸命尽くした相手から裏切られた時、最初嘆き悲しむ、そして怒り、捨て去る。私の愛の条件が「信頼」だから。そして「裏切らない事」だから。

今回、今思い返してもおかしな事が続いた。

普段なら絶対無いはずの事が、他の人の手を経て始まった。

彼女を信頼していたから、その傷は深かった。最初、その石がそんなに欲しくてショックを受けているのかと思った。だけど信頼が裏切られた事にショックを受けている事を知った。


後日彼女に聞いたのは、石を持ったとたん、全て吹っ飛んでしまったとか。私がどうして怒っているのか、私に知らされるまで理解してなかったようだ。

今日わかった事は、霊媒体質の彼女を使って、この事が起こされたという事。


この石を持ったとたん、彼女は道具に使われた、と思う。私を試すために。一番大切な人を使って。酷《ひど》いよ……、でも一番効果的だよね。

過去世何度も繰り返した、裏切られた事から始まる落胆と破壊。

今回もそのパターンを繰り返した。違うのは愛に気がついた事。愛の前にはこんな事は何でもない事。今回は、愛に信頼という条件を付けなかった。多分初めて体験した「無条件の愛」。

自分がとうとう無条件の愛を知った事。無いと思っていた無条件の愛で人を愛せた事にうれし涙が。

彼女や今回の全ての出来事に感謝した。「ありがとう！ ありがとう！」と。

無条件の愛で愛されていなくても、私が無条件の愛で愛する事ができた。それができた事に感謝！

＊　＊　＊

これがテストだとわかったのはそれからすぐの事。

ヒプノセラピーの生徒のハイヤーセルフから教えてもらいました。これが合格しても残り17のテストがある、とか！

「何ですと⁉ こんな大変なテストがまだ残り17もある！」と仰天したら、「一つ解けたら芋づる式、簡単、簡単」との答えが……。ホントウ？

そんなこんなでテスト続きの日々が終わり、翌年のルキアス降臨に繋がったのです。

Aエネルギーの問題

ルキアスエネルギーが降りてくる前までは、Aエネルギーを伝授していました。

ある時、ヒプノセラピーを受けた方から、Aエネルギーの伝授を他の所で受けたのだけれど、使えないから再度伝授してほしいと言われました。その事から、他で受けた方でも一から教え直すという再伝授&再講座を始めました。

すると、多くの方々が再受講に来られました。「オーラの浄化方法や修復ができない方」「シンボルやマントラを理解していない方」などが少なくありませんでした。

それは個々人のスキルの問題というよりも、その団体や個人のティーチャーが「ヒーリングをビジネスとしてとらえた、お金儲けのためのシステム」に原因があるようでした。

Aエネルギーヒーラーの伝授の翌日に、同じ人にティーチャーの伝授など、おかしな事が多くの所で行われていたようです。通常なら、ヒーラーとしての経験を経てティーチャーの伝授を受けるものです。しかし、ティーチャーの伝授を受けたのに、伝授の方法は教えてもらっていない方などが出てきて、教えるためのツールが無いティーチャーや、Aエネルギーを使いこなす事ができない人や、そのエネルギーをまったく体感していないヒーラーがいる現状に、私は頭を抱えました。

どうにかしなければ……と気持ちが焦りはしましたが、私自身は、組織のあり方についてものを言える立場でもありません。

そこで「オリジナルのエネルギーをください！」と天に祈りました。私のオリジナルのエネルギーであれば、ビジネスを優先させた仕組みづくりは絶対に避けますし、エネルギーの質を維持しながら有能なヒーラーを育成する事にも尽力できます。

そんな私の願いが天に届けられ、２００６年２月12日、ルキアスエネルギーが初めて地球に降ろされたのです。

ルキアス降臨

その日の事は、今でも強烈に記憶しています。

午前中、エネルギー統合のアチューンメント（伝授）を行っている時でした。突然のように、身体の芯から尋常でない熱が発せられたのです！

その熱さに「いったい、何が起きたのか⁉」と驚くばかりでした。

午後から行われたエネルギーの研究会でも、室内が暑くてたまりません。そう感じているのは私だけではなく、研究会に参加した全員が感じていたようです。真冬の時期にエアコンを切った状態の室温は19℃。それなのに同室のみんなは、真っ赤な顔をして上着を脱ぎ始めました。身体の芯が熱を持っている感じなのです。

実はそれが、「高次元から降りてきた新しいエネルギーの影響」だとわかったのは、10日経ってからの事でした。


当時通っていた霊感の強い整体師Kさんのもとを訪ねると、彼から「物凄く高次元のエネルギーを受け取っているけど、どこに行ったの？」と訊ねられました。その時に私は、改めて「あの出来事がそうだったのだ！」と気づいたのです。

そして、受け取ったエネルギーに名前を付けようと考え続けていたある時、頭の中で「ルキア」という声がして、さらには「ルキアス」とも聞こえました。

これまで経験した事のない出来事に驚きながらも、調べてみたところ、「ルチア」とはイタリア語で光を意味しますが、英語圏では「ルキア」と呼び、その複数形（語尾にSをつける）が「ルキアス」でした。

つまり、ルキアスとは「光がたくさん降りてくる」事を表すエネルギーの名前だったのです（現在この名前は商標登録しています）。

その後、信頼できる何人ものチャネラーを通じて、それが覚醒と癒しのエネルギーであり、水の波紋のように世界中に広がっていくとのメッセージを受け取りました。

以降、私は「ルキアスエネルギーを世に広める」というミッションを果たしていく事になります。

ルキアスエネルギーの情報

「2006年に私を通じて地球へ降りてきたルキアスエネルギーは、地球を、そして私たち人類をアセンション（次元上昇）へと導く重要な役目を担っています。心・身体・魂を包み込む癒しのパワーにより、このエネルギーにご縁を持った方々は、その後の人生が大きく転換していきます」……そんな事がわかったのは、数々のチャネリング情報によってでした。

アセンション？　どうやって？　というのが正直な気持ちでしたが、アセンションに導くと言っているのだからそうなるのかな？　程度で始まったものでした。

そして２０１７年11月現在、すでにアセンションレベル１に達した方は28名。そのうちレベル２に達した方は15名、レベル３に達した方が３名、レベル４に達した方は２名。アセンションした先達のセント・ジャーメインがレベル５。まだレベル５のアセンションに達した方はいませんが、具現化がより進んでいますので、必ずや到達できると信じて邁進しております。

少し話は脱線しますが……、大天使ミカエルからの頼み事について、２００６年６月２日と６月５日のＨＰの日記からご紹介しましょう。

＊　＊　＊

※以下、２００６年６月２日の日記から
帰宅して突然痛くなった左脚の太ももに違和感を覚えながら、明日のクライアントさん

か？と思っていると、レイ（チャネラーのレイ・チャンドラン氏）から電話が。レイが慌てた風に日本語でしゃべれる挨拶を全部言う。

Ｎａｏｍｉさんに代わってもらって聞いた事に仰天。今朝いきなりレイがチャネリングしたらしい。……というか、情報が降りてきたらしい。後でわかったのだけれど、大天使ミカエルから。私に明日から３日間やってほしい事があるそうだ。具体的に言われたが、これは多分数日後に報告できると思う。

以前エロヒムから私にメッセージと言われて、頼まれた事を実行した事がある。その時は仲間と一緒に、一生懸命その通りにした。後日冷静になって振り返ったら、あれは本当の事だったのだろうか？と思う事もある。あの時は地球のためにとの頼み事だった。

今回も地球のために。そして今回はもっとスケールが大きいかも。そして一人で。指名されたらしい。えっ⁉ 私が⁉ ミカエルに⁉ なんで⁉ という事はもう思うまい。

２年前からいったいなんで私が⁉ と驚いてきたけれど、一人でやれるようになってきたらしい。何かそれを素直に信じられる自分に成長を感じる。自己信頼がかなりできてきたらしい。これもルキアスのお陰だね。ありがとう！

※以下、2006年6月5日の日記から
ミネラルフェアの興奮が残っている6月2日の夜、レイから電話があり、突然大天使ミカエルから、次のような内容の伝言があったとか。


今、インドネシアのミラッピー（ムラピ？）火山が噴火している。この火山は世界中のパワースポットに繋がる別次元への扉で、このままでは大変な事になる。例えばセドナとも繋がっているとか。

で、どうして私に？という質問に、これを鎮火させるにはドラゴンエネルギーしかない。ドラゴンエネルギーの火のエネルギーとか。これを持っているのは世界に8人。日本には私一人とか。だから明日の朝からやってくれ……というような内容。

私はドラゴンエネルギーがあるとは言われているけれど、別に自覚してないし、火のエネルギーと言われてもねぇ。何すれば良いの？という質問に、火山を意識して5分間両手を挙げてエネルギーを送ればよいとか。そうか、そんな簡単な事で、地球のためになるのならやるよ、という簡単な問答で決まった。

大天使ミカエルからの指名で頼まれた事の方が衝撃だったけれど、何度も天使界出身のクライアントさんから天使界の長老だった姿について言われているので、知っているのも不思議じゃないよね。なんて、納得して実行した。

翌朝、土曜日という事で夫がいる。途中で声でもかけられて中断されるのは困るので、夫に事情を話した。夫には⁇そりゃそうだよね。でも、とにかくそういう事だから邪魔しないでね……と、訳のわからない説明をして二階へ上った。

息子の部屋でしようと思って入ると、愛猫のたっちゃんが寝ていた。途中で鳴かれたりしたらイヤだなぁと思ったけれど、この部屋が一番スッキリしているので、まずは始める事にした。両手を挙げて火山に向かってエネルギーを送る。ツモリ。

それであげていたのだけれど、よく考えたらタイマーも何も無い。

5分って案外長いものだよね。途中で終わるのはイヤだから……とにかく腕が痛いけれど、5分は充分終わっただろうという時まで頑張って両手を挙げていた。終わって時間を見たら、10分が過ぎていた。ホッ！

翌日からタイマー持参で始める。５分20秒にセットして。

日曜日、レベルアップ講座の時、Ｔさんのハイヤーセルフにこの事を訊いてみた。すると６体の龍がこの火山に向けてエネルギーを送っているのだけれど、私は白龍だそうな。あと、さまざまな色の龍がいた。ただ、８体のうち２体は何かの都合でエネルギーを出してないらしい。自分で情報を受け取れないのか、伝える人がいなかったのか、病気なのか、といった事情らしい。

その事を後日イギリス在住のサイキック能力者の方に訊ねると、この６体の中で鎮火に力があるのは私とか。５分で良かったのかしら？　それならもっとした方が良いの？　と思ったけれど、その場合はまた依頼があるだろうしね。これからも同様のお仕事が続くみたい。できたら自分で受け取りたいなぁ、依頼。

後日、火山が鎮火したので島民が島に戻ったけれど、その後すぐに大噴火したとか。

その事を訊ねたら、ポータルを開くために噴火させたのだけれど、ポータルを開くような噴火に繋がらなかったので、私の力を使ってふたをさせたとか。それにより内部の気圧が溜まり大噴火する事ができたらしい。

島民の事は神の世界では考えていないのだとわかった。やはり上の世界は冷たいのかも。

＊　＊　＊

ルキアス・アセンションベーシックコースの内容

ルキアスエネルギーによるコースは、『覚醒への道』となっています。日々進化を続けているため成長は無限です。

レベル1からレベル3は、ルキアスの基礎部分の「ルキアス・アセンションベーシックコース」。これは第二章で詳しく説明を入れていきますので、ここでは概要だけとします。

レベル1でルキアスエネルギーを受け取れる光の道ができ、レベル2で憑《つ》かない身体になり、レベル3の能力開発によって、松果体やアンタカラナ（生命の基盤である電磁場の中央導管。プラーナ管とも呼ばれる）などに行われている数々の封印を解き、B気光鍼Ⓡの伝授で気光鍼Ⓡ（目に見えないエネルギーの鍼）が使えるようになり、ヒーラーとして充分なツールを受け取る事ができます。

それに続くのは、アセンションを目指す「ルキアス・アセンションアドバンスコース」になります。レベル3から先は、アセンションへ到達する所まで完成しています。

◇レベル1　ルキアス光華

まずは、レベル1の『光華（伝授）』。光華を受け取り、身体に「光の通り道」ができた瞬間から、受光者全員が宇宙からルキアスエネルギーを無限に受け取れるようになります。自動自己ヒーリングにより、肉体が丈夫になります。

◇レベル2　ライトボディ復活&覚醒&肉体のカルマの消滅セッション

レベル2の『ライトボディ復活&覚醒&肉体のカルマの消滅セッション』。これを受光すると肉体のカルマが消滅し、ネガティブな思いや未浄化霊などが「憑かない」体質になります。ルキアスエネルギーの光華者がそこにいるだけで、周りの人や環境のエネルギー状態が整えられ、建物・土地・地域まで自動的に浄化されていきます。

あなた自身が「光の柱」になる事で、宇宙のエネルギーを地球に降ろし、地球のエネルギーを宇宙へ送るという役割を担うのです。

自分自身はもちろん、身近な人に対して、あるいは会った事もない遠方の誰かにまでヒーリングを施す事ができるようになります。

◇レベル3―A　能力開発

レベル3―A　能力開発ではアセンション・サージャリー®（※アセンション・サージャリーに関しては第四章で詳しくご紹介します）で松果体、アンタカラナ、チャクラ、エネルギーライン、蝶形骨《ちょうけいこつ》、仙骨、脊椎を現在より高次のものと取り換えます。

過去世で能力者であった方は、封印をされている事が多々ありますが、それを解いていくので能力が発揮できるのです。

負のカルマを解消する方法として、さらに有効なメソッドが「ミスティックヒーリング」です。

◇レベル3―B　気光鍼Ⓡミスティックヒーリング

これは「ルキアス・アセンションベーシックコース」のレベル3―B　気光鍼Ⓡにあたります。

身体の中に入っている感情の塊を気光鍼Ⓡのツールの一つである気光ネットで取り去り、ネガティブな感情を取り除きます。私はこの気光鍼Ⓡを使って、クライアントさんのオーラと身体の不調を整える方法を「ミスティックヒーリング」と名付けました。ルキアスエネルギーの上級ヒーリングテクニックとして、強力な浄化パワーを発揮します。

まずは、横になっているクライアントさんのオーラを手でクリーニングします。次に、身体上にある邪気の溜まりやすいポイントに気光鍼Ⓡを打ち、感情の揺らぎや感覚的な痛みを引き起こしている原因を取り除いていきます。

このセッションを受ける事で、身体の不調や日常のストレスはもとより、根深いトラウマや不安、過去世からのカルマの解消にも繋がるのです。

セッションの最中、ルキアスエネルギーが流れる事で、クライアントさんが抱える問題の根源である、過去世の出来事が浮かび上がる事がよくあります。過去世の情報と繋がる事で悩みの根源に気づき、「そういう理由だったのか!」と本人が納得すれば、後は自然に問題が解決していきます。長年にわたる苦しみが、たった1日でスッキリ消えてしまう事も当たり前のように起こるのです。

目の前の問題が過去世にまで繋がっている事に気づき、そのビジョンが見える事もあります。

時空を超えたヒーリング術によって、心と身体ばかりでなく魂の傷も癒されるので、自分の中にある「闇」を昇華させる事が可能になります。それがルキアスエネルギーのもつ「闇を光に変える」働きなのです。

第二章ではアセンションベーシックコースを体験談も交えて詳細に書いていきます。

ルキアスは意志を持つエネルギー

　２００６年、初めてルキアスエネルギーを受け取った際には、このエネルギーはＡエネルギーと同じように人間がヒーリング等に使う便利なツールだと考えていました。

ところが、このルキアスエネルギーは、人間の便利なツールでは終わらない、意志がある特別なエネルギーだという事がわかり、驚愕しました。

　例えばルキアスエネルギーの光華を受けた方が、誰かとトラブルを起こした時、相手が一方的に悪くて、自分にはまったく落ち度がないのだという思い方をしたならば、ほぼルキアスの守りは外れます。物事は自分に気づきを与えてくれるための出来事だからです。その時、何を自分に教えてくれようとしたのか？　という目で見るようにすると、それがわかってきます。

　その後、信頼できるチャネラー数名からルキアスについての情報を得ました。結果、ルキアスとは「あらゆる次元の宇宙、大天使を統括する存在」であるという事。

　最初は「大天使」であると認識していましたが、実際には大天使よりもはるかに上の地位であり、（宇宙の源である）創造主の直下に位置する宇宙神だったのです。

ひと口に宇宙といってもさまざまなゲートがあるようですが、ルキアスの通ってきたゲートは、たくさんの大天使が通るそれとは異なります。大天使よりもはるかに高次元からやってきた「宇宙神ルキアス」こそが、このエネルギーの根源なのです。

神から離れたのは体験のため

神の大元の光であった私たちは、あらゆる体験をするために肉体を持ち、神から離れてきたのです。光では体験できなかったあらゆる出来事を、神の元に戻る時お土産として持ち帰ります。でもそれはアセンションを果たした時です。それまでは輪廻転生しながら数々の体験をしていきます。闇も光も。闇が悪いわけではありません。体験の一つとして闇を体験しているだけなのです。

地位や名誉、財産を得る事に固執したり、特定の人間関係にこだわったり、それらを失わないようにしがみついたり……。こういった体験も、肉体があるからこそでしょう。

肉体を離れた魂が持ち帰る事のできるものは、地位でも財産でも執着する相手でもなく、純粋な体験のみ。逆に言えば、その体験こそが私たちの唯一の財産となります。体験を積む事によって魂は成長し、より大きな存在へと昇華できるのです。

また、闇を抑え込んだままでいると、身体にも悪影響を与えます。心の隅にくすぶる怒りや悲しみなどの感情が、しこりとなって肉体を侵していきます。

身体のあらゆる不調は、あなたの中に闇がある事を知らせるサインです。そのサインに気づき、闇と光、陰と陽を統合する事がもっとも大切なのです。ワンネス（一つである事）になる時がやってきたのです。

骨格や仙骨の歪みを改善

２００６年2月、地球に初めて降りてきたルキアスエネルギー。それまでの私は、おもに精神世界を探求していましたが、アセンションの時代を迎え、肉体の大切さに改めて注目しました。どんなに魂を磨いても、その容れ物である肉体に問題があれば、完全に光り輝く事はできません。

そんな事を考えていた頃、２００７年ブレインジムという教育キネシオロジーに出会いました。

ブレインとは脳の事ですが、これは肉体にある動きをさせる事から、その肉体の部分と繋がる脳に影響を与え、行動が変わったり感情が整理されたりするというものです。これをブレインジムと言います。日本では障害児教育にも積極的に関わっています。オーストラリアではすでに20年以上前から老人病院などで使われているエクササイズがあり、それによって認知症やアルツハイマーなどが改善されているそうです。

このブレインジムを、丸2年間かけて学び、２００９年9月にインストラクターの資格を取りました。そこで脳と肉体の繋がりを学んだ事から、『では逆に脳に指令を与えたらどうだろう？』という発想を持った事が自動運動開発のきっかけとなりました。

最初の段階では、クライアントさんの眉間に手を当てました。すると、自然に身体を動かし始めたのです。その時、その方の身体の痛みが、その動きによって小さくなりました。

ある時、神戸に住む友人の家を訪ねた際、帰って来た友人の次男の額に手を当てると、顔の片側だけが上がり続けました。顔の半分だけがどんどん上がっていく状態に、私は内心ドキドキしていました。母親のYさんは隣でその様子を心配そうに見ていました。

実は彼は5年前の交通事故の後遺症で、顔が歪んで元に戻っていませんでした。その事を、母親は本人よりも嘆き悲しんでいました。加害者が事故の責任を取ろうとせず逃げ回っていた事もあり、その顔を見る度に悔しい思いがこみ上げてきて、忘れる事ができなかったからです。

そんな彼に実験的に手を当てたのですが、上がり続けた片側の顔の動きが突然止まったと思ったら、下がってきました。動きが止まった時、事故前の顔に戻っていたのです。

この事から、このエネルギーで肉体を変えられる、健康な状態に戻せるという事がわかりました。

その後すぐに「骨格調整&ストレッチ」が誕生しました。

これは「気天を突く」という方法でクライアントさんの脳のスイッチを入れると、脳からの指令が全身に伝わり、自分自身で自らの骨格を正しい位置へ導くという療法です。

高波動のエネルギーを直接ルキアスから受け取れるようになった事で、骨格調整だけでなく、肉体にさまざまな変化をもたらす事ができるようになりました。

不定期に開催しているビューティー・セッションでは、「髪がツヤツヤになる」「まつ毛を伸ばす」「二の腕と太もものセルライトを消す」「たるんだ部分をリフトアップさせる」といったオーダーに短時間のうちに応じられ、特に女性にとっては嬉しい効果がその場で確認できると大好評でした。

以来、私の右手は「魔法の手」と呼ばれ、多くのクライアントさんたちから重宝されています。

ルキアスエネルギーが体内に流れる事で皮膚、筋肉、臓器、骨などを細胞レベルで修復するため、チャクラやオーラも活性化し、受光前と受光後には見た目にも大きな変化が起こるのです。

二の腕のぜい肉を胸に移す、お腹周りのぜい肉を減らすなど、クライアントさんのさまざまな要望に応え、どれも満足のいく結果が出ています。これらはイベントのみで行っています。

2015年5月より、光華の際、クライアントさんの身体の中心に天地のエネルギーを採り入れる、太いプラーナ管ができるようになりました。

このプラーナ管から天地（地球）のエネルギーが充分に流れるようになった事で、肉体およびエネルギー体の陰陽バランスが整えられ、チャクラのバランスも改善。「上のほうのチャクラが強く、下のほうのチャクラが弱い」というような状態も解消されました。

身体のウィークポイントにしっかりとエネルギーが満たされる事で健康状態も良好になり、オーラが光を増し、自分のエネルギーを地球の中心と繋げるグラウンディングがうまくいくようになりました。

地球のアセンションに深く関わるルキアスエネルギーは、これまで扱ってきたヒーリングエネルギーとは大きく異なり、魂・心・身体に対してバランスよく癒しの力を発揮します。非常にパワフルなエネルギーのため、魂・心・身体を瞬時に癒し、すぐに改善がみられるのが特徴です。

ルキアスエネルギーを使えば短時間で仙骨の歪みを正せる事がわかり、2016年9月、『骨格調整&ストレッチ』の流れをくむ『仙骨改善法』が誕生しました。

仙骨をはじめとする骨を正しい位置に戻し、間質リンパの流れを改善すると、肩凝《かたこ》り・腰痛・背中痛・関節痛といった痛みの解消だけでなく、原因不明の不調もみるみる改善されていきます。仙骨改善法については、喜びの声や体験談も多数寄せられているので、第四章で詳しくご説明していきます。

第二章　ルキアス・アセンションベーシックコース

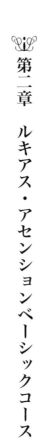

ルキアスエネルギーのアセンションベーシックコースには、次に紹介する3段階のセッションが用意されています。

レベル1「ルキアス光華」
レベル2「ライトボディ復活&覚醒&肉体のカルマの消滅セッション」
レベル3「A　能力開発／B　気光鍼®ミスティックヒーリング」

続いて、これらのセッションの詳細をご紹介していきましょう。

レベル1「ルキアス光華」

仕事や人間関係などでストレスを抱え、心身ともに疲れ切っている人が多い現代、人の心や身体をケアする業種が盛況です。そのような職業に就く方の多くは、人の事を思いやれる心優しい性質で、感性が鋭く、霊感があるタイプと言えます。

そのため、相手の心身を癒しながら、実際には、知らず知らずのうちに相手に憑いているネガティブエネルギーを引き受けている事も少なくありません。

特にヒーラーさんの場合、クライアントさんをヒーリングした直後から邪気を受けて体調が悪くなる事もあるそうで、仕事を辞めざるをえないという事も耳にします。

ルキアスエネルギーレベル２を受光すれば、「憑かない身体」になります。その強力なプロテクションは、ヒーラーにとって必要不可欠なツールです。

まずはレベル１の「ルキアス光華」で、クライアントさんの身体の中心にルキアスエネルギーが通る「光の道」を作ります。

２０１５年５月１日より、ルキアスエネルギーが流れる光の道を作るだけではなく、太いプラーナ管が身体の中心にできて、通りが良くなりました。それにより天地のエネルギーを取り入れる事ができるようになりました。

プラーナ管から天地のエネルギーを取り入れる事ができるようになった事で、肉体の陰陽（左右）のエネルギーのバランスが整えられ始めます。

プラーナ管からエネルギーが充分流れる事で、チャクラのバランスが良くなります（上の方のチャクラは強くて、下の方のチャクラが弱いなどの事が解消されていきます）。

地球の生体エネルギーを充分取り入れる事になり、身体の弱い部分にエネルギーが流れ、肉体が丈夫になっていきます。オーラが光って見え、そしてグラウンディングがしっかりし始めます。

エンティティの解放

また、２０１７年３月には、レベル１「ルキアス光華」でエンティティ（未浄化霊）の解放が行われている事もわかりました。

エンティティについて、ある本に興味深い事が書かれていましたのでご紹介しましょう。

「私たちのフィールドは、しばしばアストラル界からのエンティティ（霊的存在）に侵入されるものです。意識的にせよ、そうでないにせよ、私たちが恐怖や必要に駆られた瞬間に同意して受け入れてしまうのです。こうしたエンティティはたいてい、私たちを身代わりに使って生きることの見返りとして、何かしら私たちの気が楽になるようなことを約束します。アストラル界のエンティティたちは、三次元の存在と同じように二極性の幻影と歪みに影響されているので、このような取引のほとんどは、まったく価値の無いものです。彼らはしばしば物に対しても人に対しても、さまざまなタイプの中毒を糧にして生きています。あるものは本当に怒りと暴力を楽しみ、言い争いやカルマ的な状況からエネルギーを吸い上げ、カルマをさらに強烈なものにします。時には人と人との関係が、実際には取り憑いたエンティティどうしの関係だったりすることもあるのです。

これらのエンティティを光のなかへ解き放つことは常に有益です。それによって彼らは次の進化の段階へと移れるし、あなた自身はそれらの影響から自由になれるからです。「エンティティの解放」は、「スピリチュアルな清浄さ」を保つプログラムの一環として実行するとよいでしょう」引用元：『ライトボディの目覚め』（アリエル／タチーレン／脇坂りん著　ナチュラルスピリット）

レベル2「ライトボディ復活&覚醒&肉体のカルマの消滅セッション」

ライトボディとは、肉体を取り巻く霊的エネルギーの事。魂・心・身体を含めたその人という存在を包み込んでいます。現在わかっている範囲では、肉体から近い順にエーテル体・アストラル体・メンタル体・コーザル体・コスモス体と名付けられ、「何層にも重なる保護膜」のような役割を果たしています。目に見えるのは肉体だけですが、私たちは身体を取り囲んでいるオーラの全てを含んだ存在なのです。

肉体に大きな影響を与えるのが、もっとも内側に位置するエーテル体です。この部分にさまざまなエネルギー的侵入があると、肉体や精神に不調が出てきます。

ライトボディに関してわかった事は、生まれ変わってもほとんど再生しない事。過去世からの経験や潜在意識の記憶は癒されずに存在しており、過去世等で受けたライトボディの傷を、そのまま持ち越して現世を生きているのです。

このセッションによりライトボディを復活させ、癒し、取り戻し、覚醒させる事により、今の自分に繋ってマイナスの影響を及ぼしていた多次元の自分も覚醒し、まるで曼荼羅《まんだら》のように揃《そろ》い癒されます。

全てのチャクラが活性化し、さらに主要なチャクラは全方向に開き見事な球体に戻ります。それにより憑かない身体になるのです。

ヒーリングしても「憑かれなくなる」と、エネルギーワークやボディワークを行っているヒーラーにとってはパワーアップに繋がります。

エネルギー的に「憑かれる」と、肉体的に「疲れて」しまいます。

特に原因は見当たらないのに、なぜか体調がすぐれない。気分が落ち込んで辛い。何をやってもうまくいかない。都合の悪い事ばかり起こる……。そんな状態が続いている時は、知らず知らずのうちに、人の思念や未浄化霊といった邪気に憑かれているのかもしれません。

ヒーラーはもちろん、医師・看護師・介護士・整体師・美容師・セラピスト・エステティシャンといった職業にも当てはまりますが、特に他人の身体に触れる事の多い仕事の方は要注意です。看護や介助、施術をする事によって相手からの目に見えないレベルでの悪影響を受けてしまう可能性があるからです。

また、音や臭いに敏感な方、人混みを歩くと気分が悪くなる方なども、エネルギーに敏感な憑依体質と思われるのでガードが必要です。

非科学的な事は一切信じないという方もいるでしょう。しかし、誰でも無自覚のうちにエネルギーの影響を受ける事はあります。深刻なレベルになると、体調を崩したり、人間関係に支障が出るなど日常生活が困難になるだけでなく、命に関わる事態に陥る事もあります。

ネガティブなエネルギーから身を守り、周りからの影響を受けにくい体質になるためには、自分自身の波動を高い状態に保つ事が不可欠です。

レベル２の『ライトボディ復活＆覚醒＆肉体のカルマの消滅セッション』を受けると、ルキアスのガイドがマンツーマンで守り導いてくれるので、もうプロテクションを気にかける必要はありません。

セッションを受けてルキアスヒーラーとなった受光生の中には、他人の身体に触れる職業の方も大勢います。みなさん、以前はお仕事が終わるとぐったりするほど疲れると言われていたのに、受光してからはまったく疲れないと言います。

そしてエンパス（同調）能力も上がるので、相手の状態が自分の事のようにわかるようになり、ヒーリングの質や施術効果は格段にアップするのです。

レベル2「ライトボディ復活&覚醒&肉体のカルマの消滅セッション」では、エーテル体とアストラル体をクリーニングしていきます。肉体に近いオーラがきれいに整うことで、さらに深い癒しや気づきがもたらされます。

肉体のカルマの消滅

ある時期、クライアントさんのエーテル体に、欠けが目立つ事がありました。エーテル体を切り取られている状態のクライアントさんが、次々と来られたのです。まるでマグロの解体ショーみたいに、身体の所々がブツブツと切り取られているのです。

訊いてみると、そのほとんどの方が、過去にＵＦＯを目撃していました。「宇宙人に取り囲まれている怖い夢を見た」という方もいましたが、それは現実に起きた事を「夢」と思い込まされているだけなのです。

　ライトボディが切り取られている方々は、大体切り取られる事を自分で許可しています。自暴自棄になった時、彼らはやってくるのです。契約をするために。

　切り取られた箇所は不調になります。過去世において、何らかの理由で肉体を切られた経験がある方も、転生の度に同じ場所が傷つくようです。ライトボディはカルマに深く関わっているのです。


　クライアントさんが抱える心身のトラブルを取り除くためには、それに関わるカルマを解消しなければなりません。何度も過去世に戻って封印を解いたり、呪いの呪文を消滅させたり、クライアントさんが生贄として捧げられた黒い神様に談判したりと、コアの問題を解決し、本来のエーテル体を取り戻すために、相当な労力を割いてきました。

　しかし、２０１０年８月よりルキアスエネルギーがさらに進化し、１２８種類のカルマを消滅した事により、各々のコアな問題までさかのぼらなくても自動的に肉体のカルマを消滅させられるようになりました。

　レベル２の伝授を受けると、短時間でライトボディが復活し、肉体のカルマが消滅するのです。

クライアントさんの全チャクラが開放され（脳には320のチャクラがある事がわかり、それらの開放も同時に行います）、融合して螺旋《らせん》を描き、カルマが引っかかる事のない球体になるからです（主要なチャクラは大きさにバラつきがあり、球体ではありません）。

それと同時に、邪気等が憑かない「光の柱」の存在に変わります。レベル2「ライトボディ復活＆覚醒＆肉体のカルマの消滅セッション」を受光すれば、開花したヒーリング能力によって、自分自身だけでなく家族など周りの人へ良い影響を与える存在となります。

さらには、ソウルスター、アーススターチャクラが活性化してグラウンディングが強くなる事も嬉しい変化です。

2015年5月1日より、ルキアス・マカバもできるようになりました。マカバは魂の乗り物と言われていて、神なる自分へと繋がるツールです。ルキアス・マカバができる事で、多次元の自分や神なる（本来の）

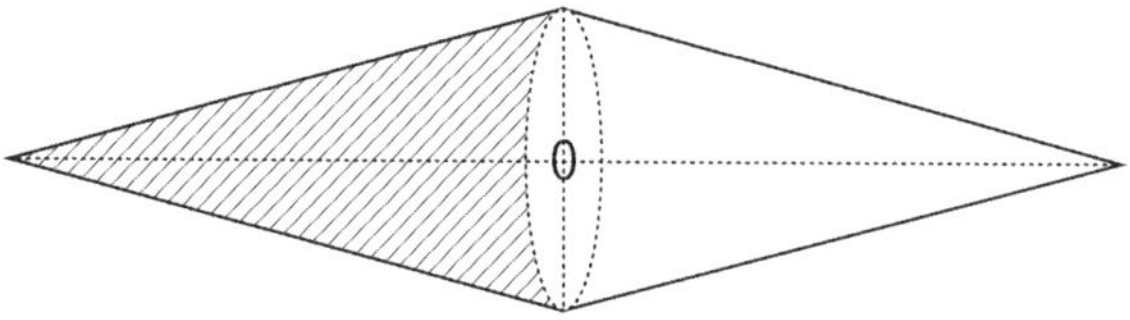

ルキアス・マカバの図

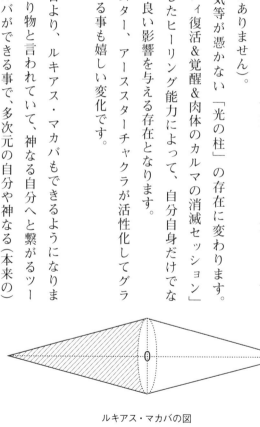

自分と繋がりやすくなります。
以前はルキアスを受光された方のマカバを調べると（マカバは魂の進化で形を変えていく）、身体より小さい方が多かったのですが、２０１７年5月18日現在では、レベル２受光直後には完璧な形のルキアス・マカバが完成していました。回転の必要も無いほどの状態です。

以下は、レベル２のセッション後に行われる実践練習、および設定などの内容です。

・物や土地の浄化練習
・遠隔ヒーリングの練習
・自動自己ヒーリング設定
・認定書の発行、など

自動自己ヒーリング

以前は自己ヒーリング22ポジションを使って毎日行う事をお勧めしていましたが、面倒だという方々の声にお応えして、２０１０年10月より、自動自己ヒーリングを設定しました。就寝の際「自動自己ヒーリング開始！」と頭の中で唱えると、勝手にヒーリングが始まるようになりました。後は寝てしまうと、その間に自己ヒーリングが終り、深い眠りが訪れます。

続いて、ルキアス・アセンションベーシックコースを受けたルキアスヒーラーさんの体験談をご紹介しましょう。

＊　＊　＊

★A子さん（40代、女性）

ルキアスの光華を受ける際、今思えばライトボディから放たれた光だったのでしょう。周囲が金色の光に包まれ、（目を閉じていても）まぶしくてたまらず、目頭が痛くなるほどでした。

しばらくすると、まぶしい光が金色から桃色、紫色へと変化し、それと同時にエネルギーが身体の隅々まで流れ込んでいくのを体感、すごく気持ちがよかったです。

途中、華永さんが軽く咳をされ、その直後に喉が苦しくなり、詰まった感じになりました。息苦しくて顔をしかめていると、スポンと何かが喉から飛び出したように感じ、そのとたんに呼吸がラクになったんです。それから頭の中がグワングワンと動き出し、慌てているとセッションは終了。

休憩の後、ものを浄化するレッスンを受けました。手の上に乗せたアクセサリーを浄化してみるのです。ものを浄化するマントラを唱え始めると、アクセサリーはみるみる輝きを増していきました。それと同時に、なぜか口の中が乾燥してカラカラになり、何度も水を飲みました。

そんな様子の私を見て、華永さんは「どんどん外に出してくださいい」とひと言。アクセサリーと自分自身の浄化が連動している事を理解したのです。

浄化のさなか、華永さんの身体を取り巻くオーラが見えました。その瞬間は「気のせいではないか」と思いましたが、あまりにまぶしく光っていたので、見間違いではないと今は確信しています。

セッションの帰り、人混みの激しい駅や電車内でも気持ちよく過ごせました。

自宅でも、出かける前と比べてキッチンの水回りがツヤツヤしているように見え、寝室に置いてあったアクセサリーも一段と輝いて見えました。

続いて、真っ黒に酸化したシルバーのイヤリングを片方だけ浄化してみたところ、はっきりとした違いが出ました。浄化したほうのイヤリングは、色が明るくなってツヤが出てきたのです。驚く事に、翌日や翌々日のほうが浄化は進むのか、どんどん明るくなっていきました。

翌朝はスッキリと目覚め、気分は上々で、不思議とギュウギュウ詰めの通勤電車もまったく苦になりません。帰宅後すぐに眠気がきたので、シャワーを浴びて就寝。腹痛で目を覚ましトイレへ行きましたが、再びぐっすりと朝まで眠りました。

起床後も軽い腹痛が残っていて、後から知ったのですが、浄化の過程での痛みでした。

それから毎日ずっと快眠が続き、満員電車での通勤時間も心地よく過ごしています。

★Y子さん（20代、女性）

ルキアスエネルギーのセッションを受けると、それまでの自分がウソのように、疲れが取れてスッキリします。ほんのわずかな時間ですが、睡眠を充分にとったような清々しさを覚えるのです。

受光後、時には浄化に伴う好転反応が出る事もあります。身体の一部が痛くなったり、咳が出たり。最初はびっくりしますが、それが必要な気づきと結びついているとわかると、全てが感謝に思えます。

レベル1のルキアス光華を受けると自分自身をヒーリングできるので、私は1日で溜まったストレスや身体の痛みを、その日のうちに自己ヒーリングで癒し、浄化しているため、常に元気で、はつらつとしていられます。

私自身のヒーリング能力が高まっているのでしょう、身体の一部に何気なく手を当てると、筋肉がピクンと動いたり、軽い咳が出たりします。今ではこの反応こそが、浄化の証であるとわかっています。

ルキアスと出会えた事で、私は自分自身と他者をいずれも許し、愛する事ができるようになりました。目の前に立ちはだかる問題も、「ありがたい」と思って真剣に向き合えば、必ずや解決できるのです。

ルキアスエネルギーは、光華を受けて「終わり」というものではありません。光を照らすと闇が浮き上がるように、ルキアスヒーラーの日々は、常に自分と向き合う事が求められます。ルキアスという高次元の存在が、魂の成長に向けて常にサポートしてくれている感覚があります。

＊　＊　＊

レベル3

レベル3には、「A　能力開発」と「B　気光鍼®ミスティックヒーリング」の2つのセッションがあります。

これらを受光すると、気光鍼®などが使える「魔法の手」を授かります。

A　能力開発

エネルギーライン、全チャクラ、松果体、アンタカラナ、蝶形骨《ちょうけいこつ》、仙骨、脊椎の7つのどれから取り換えるのかを調べます。クライアントさんによって異なる順番でアセンション・サージャリー®（次元上昇の霊的外科手術）を行いその方自身の高次のものと取り換えます。

クライアントさんのアンタカラナには、ゴミのような霊的不要物が付いている事が多く、清浄し、高次の新しいものと取り換えると、働きが大きく改善され、超能力が開発されていきます。

全チャクラを高次元より取り寄せて換える事により、肉体とライトボディの繋がりが密になり、高次のエネルギーを受け取りやすくなって、感度が増します。松果体を高次元より取り寄せて換える事により、超能力が開発されます。

多くの場合、クライアントさんは元々持っていた能力を、ネガティブな体験により封印しています。その封印から解き放つ事で、能力が出てくるのです。

（A　能力開発については、レベル１「ルキアス光華」を受けていない方でも受光できます。ただし、能力的・体力的な限度があるため、１カ月に１箇所の取り換えとなります。レベル２を受けている方は、一度に数箇所の取り換えが可能になります）

B　気光鍼《きこうばり》Ⓡミスティックヒーリング

この伝授を受けると気光鍼Ⓡ（気の鍼）が出せる身体に変化します。

そして、他の次元で能力がある事で受けた、ネガティブな体験の書き換えが起こり癒されます。癒された事で、能力を使う事を受け入れやすくなります。受光された本人が自覚をしていなくても、潜在意識や魂が理解しているので、癒されるのです。結果、本人が一番得意とする方面の能力からブロックが溶け、開花していきます。

例えばクライアントFさんは、過去世で高いヒーリング能力を得ていましたが、その事で魔女狩りに遭い、命を落としてしまいました。その体験があまりにショックだったため、現世に受け継がれたヒーリング能力を、無意識ながら隠して生きてきたのです。そればかりか、エネルギーに敏感で憑かれやすい体質が災いし、長年にわたり体調がすぐれなかったそうです。

ご縁があってレベル3のB　気光鍼®伝授を受けると、Fさんの体質はみるみる変化し、マイナス要素がプラス要素に転換された事で、かつてのヒーリング能力が再び開花しました。視覚・聴覚・臭覚・味覚や第六感などの感覚も非常に鋭くなったそうです。

このように、本来の自分の能力を隠して生きてきた過去を持つ人が伝授を受ける事で、自由な生き方になっていきます。つまり、マイナスに使っていた能力をプラスに使う事ができるようになるのです。

おもな変化としては、シックスセンスと言われる第六感の「霊聴」「霊視」「霊感」「霊臭（悪い臭いだけではなく、良い香りもわかります）などの感覚が鋭敏になっていきます。

注）以前イギリスにて気功鍼を学んだ事がありますが、ルキアスで使われている気光鍼®とはまったく異質なものとなります。ルキアスの気光鍼®は、気功鍼で必要とされる中国人ガイド等は不要であり、ツールもまったく違うものです。

ミスティックヒーリングの実践練習

①　気光鍼®の刺し方、使い方を学ぶ。

②　人体模型にて、受光者の身内の人への遠隔ヒーリング実践練習（人形に名前を書いた紙を載せると、その方の情報が人形に現れます）。

③　被験者にベッドに寝ていただき、a～eを実践。

a　オーラクリーニングによりオーラの気の流れを整え、邪気を発生している箇所（不調な箇所）を確認。

b　気光鍼®で穴を開け、邪気を抜く。

c　頭でマントラを唱えながら気光鍼Ⓡを邪気の箇所に刺し、再度オーラクリーニングをしてその後の状態を確認。

d　邪気が消えていたら、違う箇所に移動。まだ残っていたら、再度気光鍼Ⓡやその他のツールを使い不調な箇所を改善していく。

e　全てのヒーリングが完成したと思えたら、最後にその身体のオーラの上から、オーラ全体を整える気光鍼Ⓡを落とし完成させる。

身体の邪気のあるポイントに、マントラを唱えながら気の鍼を刺し、肉体やライトボディに働きかけるというセッションです。中医学の世界は、気・経穴《けいけつ》・経絡《けいらく》といった目に見えないものを基本として成り立っています。同じように気光鍼Ⓡも、物質としての鍼を刺すわけではありません。だからこそ、肉体だけでなく心や魂にまで瞬時に刺激を与えるのです。

光を入れる事で気の流れを活性化し、自然治癒力を高める事はもちろん、過去世の影響によるエネルギーブロック、邪気や霊障など、さまざまなアセンションの妨げとなるものを解消し、相乗効果によって未知数の癒し効果が期待できます。

（以前、ハワイの高名なチャネラーのロイ・ゴヤ氏の前でミスティックヒーリングを披露しました。「このヒーリングでは、15代前（の家系）までさかのぼって、今の人生に関係する負の感情やエネルギーを癒し、クリアリングしている」と言われました）

気光鍼Ⓡには、次のようなツールがある

・気光鍼Ⓡ：身体の奥深くの邪気のポイントを、シンボルを入れた気の鍼を刺す事で浄化し、取り除く事ができます。
・気光ネット（網）：気の網を身体の一箇所から入れて、中に存在する邪気を投網のように包んで抜きます。
・気光バキューム：一箇所から入れて、細かい砂タイプの邪気を吸い出します。
・魔法の手：身体の中に手を入れるイメージで邪気を抜きます。

ミスティックヒーリングでできる事

・未浄化霊を光に還す
・未浄化霊が魔物化したものを取り去る
・エーテル体のクリスタル除去
・エネルギーコードの除去（第三章で詳述します）
・宇宙人が埋めたインプラントの除去
（アドバンスコースでは取れる層が変わるので、アーマー除去、悪魔祓い、妖怪・魔物退治、神様からつけられた天罰のアンテナ除去、潜在意識からネガティブな意識を除去、祟り解除と、ヒーリング力は格段に上がります）

続いて、ルキアス・アセンションベーシックコースのレベル3—B　気光鍼Ⓡミスティックヒーリングを受けた、ルキアスヒーラーさんの体験談をご紹介します。

＊　＊　＊

★エステティシャンKさん（40代、女性）

ルキアス・アセンションコースを受光し、その後の人生が大きく転換したお一人です。

「仕事でエステティシャンをしていますが、施術する時に邪気を受けているという自覚はまったくありませんでした。原因もわからず身体の不調が続いていたので、少しでも健康になれたら……という思いでルキアスエネルギーの光華を受けました。

セッションが終わり、華永さんから『私をきれいにしてほしい、というお客さまの想念がたくさんついていた』と聞かされ、心から驚きました。特別お客さまとトラブルになったわけではないのに、お客さまの思いが私の身体に取り憑き、そのために体調を崩していたとは想像もしていなかったからです。

でも、受光後はエネルギーに対して敏感な体質になり、思念の強いお客さまを施術する時には、軽く咳が出たり、肩が重くなったりします。これが邪気なのか……と自覚できるようになった事で、しっかりとプロテクションできるようになりました」

いまではKさんは体調も万全になり、気力をみなぎらせながらエステティシャンとして大いに活躍されています。

★整体師Rさん（40代、女性）

Rさんも憑かれやすい（エネルギー的に敏感な）体質の方でした。

「整体師になってから、ずっと体調がすぐれませんでした。それも単純な疲労感ではなく、大人一人を背負っているようなドスンとした重さを常に感じていたんです。それでも、夜寝ると翌朝には回復していたので、どうにかやり過ごしていました。

仕事から帰ると、何をする気力も無くすぐに横になって寝てしまう毎日。もしかしたら、自分は病気ではないか……と心配し、ネットで情報を探っていると、ルキアスエネルギーの公式サイトにたどり着いたのです」

Rさんはすぐに私を訪ねてきて、セッションを受けられました。すると、その翌日から憑かれない（疲れない）身体になっていると、興奮気味に報告してくれました。

「ルキアスエネルギーを受光してから、ほとんど疲れないいんです。これまでお客さまの邪気をもらって体調を崩していた事もはっきりとわかりました」

＊　＊　＊

ルキアスエネルギー体験会について

ヒーリングに興味をもたれている方、病院や薬では治らずに身体の不調に悩まされている方など、なるべく多くの方にルキアスエネルギーを知っていただくための体験会を、不定期に開催した時の体験談のご紹介です。

＊　＊　＊

★神奈川県　22歳男性

持ち込んだ石がみるみるきれいになったのには驚きました。オーラをクリーニングしてもらい、気になっていた箇所が気にならなくなっていました。他の方がヒーリングをされている時も、自分がされている時も、目を閉じるとその場所に熱のようなものを感じました。

★福島県　47歳女性

肩や背中が痛くて声も出せない状態でしたが、セッションを終えると、頭・肩・背中など重荷がストンと落ちた感じがしました。自分でも、家族にヒーリングをしてあげたいと思いました。

この方は、後日ルキアスヒーラーになりました。

★神奈川県　44歳女性

ミスティックヒーリングを受けた時、自覚している痛みと、自覚していない痛みがある事に気づきました。短時間で効果があるのですが、できたらもっと長くヒーリングしてほしいくらいです。エネルギーが流れるのがわかり、切られたかな？という感覚もありました。先生やスタッフのみなさんのお話もわかりやすく、真剣な様子が伝わってきました。

★神奈川県　86歳女性

気持ちがゆったりし、身体が軽くなりました。背骨が整ったので、徐々に足の痛みも取れるのではないかと期待しています。ありがたい気持ちでいっぱいです。

★神奈川県　53歳女性

持参した天然石のブレスレットや金のネックレスが、みるみるツヤが出て輝き始めたのにはびっくりしました。メガネは一瞬で度が変わり、見え方が変わりました。ヒーリングでは途中から急に気持ちがよくなり、何かが抜けていくような感じがしました。さらに、足のほうへ流れていくエネルギーを感じ、「これがルキアスエネルギーなのだ」と体感する事ができました。

＊　＊　＊

ルキアスエネルギーが本物か否かは仙骨改善法を受けられるとわかります。ぜひ一度、体験してみてください。

第三章　単独で受けられるミラクルセッション

ミラクルを起こす、選りすぐりの各種セッション

基本的にルキアスエネルギーのセッションは、第二章でご紹介した（レベル１～レベル３で構成されている）「ルキアス・アセンションベーシックコース」と、アセンションを真剣に目指している方のための「ルキアス・アセンションアドバンスコース」に分けられます。

この章では、アドバンスコースの中でも一般の方が受けられる「単独で受けられるミラクルセッション」をご紹介いたします。日進月歩の進化を遂げるルキアスエネルギーでは、次々と新たなセッションが誕生していますが、特に好評を博しているセッションばかりを集めました。

多くの体験者の声から、そのミラクルな変化をリアルに感じてみてください。

食物不耐症や電磁波、添加物、薬物、アレルゲンを肉体の細胞から排出する

その名の通り、このセッションを受ける事で、食物不耐症（特定の食物を消化する事が困難な病気）・電磁波・添加物・薬物・アレルゲンを肉体の細胞から排出します。これは遠隔のみで行っているセッションです。

不耐症の代表的な食物は小麦、乳製品、大豆など。普段の食事からこれらを排除する事は困難です。対象となる食物を摂る事で臓器に負担がかかり、さまざまな不定愁訴を抱える事になります。

通常の食物不耐症への対処は、アレルギーと同様で食べない事しかありません。しかし、このセッションを遠隔にて受けたほぼ全員の方々から、翌朝起きてすぐに身体が軽くなったと報告がありました。そして、脚が細くなる、皮膚が柔らかくなるなどの変化もあったそうです。今まで溜まっていた毒素を排出した事で、浮腫みが取れたからだと思います。

（個人差がありますが、食物不耐症の食物を食べ続けていると、また毒素が溜まりますので、時々再遠隔セッションを受ける事をお勧めします）

続いて、「食物不耐症・電磁波・添加物・薬物・アレルゲンを肉体の細胞から排出する」セッションを受けた方々の体験談をご紹介します。

＊　＊　＊

★Wさん（40代、女性）

これまではパンやお米、添加物の多い食品を摂ると、なぜか胃が重くなっていました。仕事柄帰宅が遅く、夕食が深夜になる事もありますが、そんな日の翌朝は身体だけでなく、気分も落ち込み気味になります。それに、パンやお米や加工食品が好きな私は、食べたら後悔するとわかっていながら、つい食べ過ぎてしまいます。

このセッションを受光すると、まずは食べ過ぎる事が無くなりました。無理せず適量で食事を止められるようになったのです。

お酒についてはここ数年、ビール1缶を飲み切る前に酔ってしまい、翌日までお酒が残って倦怠感におそわれていましたが、セッション後にはお酒を飲んでも気分が悪くなる事は無くなりました。しかも、適量で充分に満足できます。

性格的にもおだやかになり、特に「嫌だ」という感情の対処がうまくなったように思います。心も身体も、不要なものが出ていってくれてスッキリした気分です。

★Aさん（40代、女性）

食物不耐症や電磁波に関する遠隔セッションを息子と一緒に受け、1週間が経ちました。受光した日の夜は2人ともぐっすり眠れ、翌朝の目覚めもスッキリ。いつも日中にやってくる睡魔も、その日からピタッとこなくなりました。

身体が軽くなっただけでなく、いくら動いても疲れません。一番の変化は、顔（表情）が変わった事。かもしだす雰囲気が明るくなり、同じように化粧をしても仕上がりが違うのです！

セッション後の変化は顔や身体だけではなく、心も軽くなりました。いつもネガティブな考えに流されがちな私でしたが、今では「それほど悪くはない」と別のとらえ方ができるようになったのです。これまでの自分と比べて「一皮むけた」ように感じています。

★Eさん（40代、女性）

腰周りに鈍い痛みとだるさがあり、そのせいで寝つきも寝起きも悪く困っていました。子供の頃は布団で寝ていましたが、結婚してからベッドを使うようになり、マットレスが合わないせいで睡眠障害が起きているのかなぁ……とも考えていました。

でも、セッションを受光した日の夜からグッスリ眠れ、それ以降も質のいい睡眠が取れています。日中も頭がクリアで身体が軽く、受光から1週間経ちますが、その状態がずっと続いています。今もベッドで寝ていますが、寝具の問題ではなかったようです。

腰の痛みや重さも和らいでいます。そればかりか、積極的に身体を動かしたくなって、軽いストレッチやスクワットを始めました。自分の事ながら、この変化にはびっくりしています。

元々アレルギー症状があり、もう花粉症のシーズンは終わっていますが、残った花粉の影響か軽い咳が出ていました。それも受光後には治まっています。

血色が悪く、くすみやしみが目立ち、いつも乾燥気味だった顔の皮膚も、以前より白く滑らかになったように思います。24時間、お風呂上りのようなみずみずしさを保ち、深部から潤っている質感です。血色が改善して弾力も出てきました。

実は受光後の数日間、頬の皮膚がポロポロと浮いて剥けるような現象が起こりました。まるで脱皮のようです。乾燥しているせいかと思いましたが、これもセッションの好転反応だったのですね。「肌は排出器官」というコマーシャルがありましたが、体内に蓄積した老廃物が、セッションの効果で一斉に体外へ排出されたのでしょう。一時期、頬を触るとザラザラ・プツプツしていましたが、老廃物がぜんぶ出てからはスベスベ・ツヤツヤに変わりました。

体調や肌にこれだけミラクルな変化が起きたので、ひょっとしたら、今度は白髪が黒髪に変わるかもしれないと期待しています！　2～3カ月で結果が出ると思うので、また報告させてください！

★Sさん（50代、女性）
不耐症とアレルギーの遠隔セッションを受けてからは、あれほど酷かったくしゃみも1日1回程度におさまり、鼻血も出ていません。試しにコップ1杯の牛乳を2、3回飲んでみましたが、下痢もしないし、何の不調も起こっていません。その他、素手で大根おろしをすっても、かゆくならない事に気づきました。

手に症状が出やすいアトピー体質で、遠隔セッションを受けた翌日には左手の中指に強いかゆみが起こり、それが1日で解消すると、翌日には右手の同じ場所にかゆみが出て、また1日で解消しました。まるで湿疹が生き物のように移動しているかのようです。

でも、それを最後にアトピーの症状は身体のどこにも出ていません。毎年同じ時期になると、目の周りがかゆくなったり、胸のあたりにポツポツと湿疹が出たりしていましたが、症状はほとんど治まっています。

仕事がハードで常に過労気味の私ですが、(50歳を過ぎた)この年齢で休みなく走り回れるのは珍しい事かもしれません。セッションを体験した方々がみなさん口を揃えるのは「身体が軽くなった」「爽快感がある」という事。私も同じように感じています。

★Nさん(50代、女性)

私は過去に、アレルゲンによるアナフィラキシーショックで倒れた事があるので、何としてもアレルギー体質を改善したいと思い、セッションを受けました。すると、その翌日から朝起きがけに感じていた身体のだるさが半分に減りました。

介護の仕事がハードで、寝ても疲れがなかなか取れないのですが、身体のだるさや重さはアレルギーが原因だったのですね！

一番驚いたのは、花粉症やアレルギー性鼻炎のせいで年中垂れ流されていた鼻水が、セッション後には10分の1に軽減した事です。

また、今年から紫外線アレルギーによる湿疹とかゆみが出ましたが、それもセッション後は出ていません。紫外線が直接当たる手の甲はいつもふくれあがっていましたが、症状が無くなったので、これからは夏場でも安心して外出ができます。

★Aさん（60代、女性）

遠隔を受けた翌日、身体が重くてベッドから起き上がれませんでした。セッションを受けた多くの方は、「身体が軽くなった」という共通の感想なのに、私の場合はまったく逆でした。まるで身体がベッドに吸いつけられているような感覚です。

思い切って立ち上がってみると、今度は不思議と身体が軽く感じます。なぜかはわかりませんが、もしかしたら感覚が鋭敏になったせいかもしれません。霊的な不要物が私の身体から排出された事だけは、確かに実感しました。

★Mさん（60代、女性）

遠隔セッションを受けた翌朝から、急に身体が軽くなった事を覚えています。それまでは、立ち上がる際に必ず「よいしょ！」と言葉で勢いをつけていましたが、立ったり座ったりの動作がスムーズなので、今ではそんな必要がまったくありません。

これまではアレルゲンの食パンを食べると、太もも周辺がかゆくなりましたが、今では食パンを食べても何ともありません。体力にも自信が持てるようになりました。

＊　＊　＊

エネルギーコードの除去

エネルギーコードとは、一般に説明されているものではなく、華永がわかっている範囲でご説明いたしますと、生命エネルギーを人から奪い取る、おへそから出ているコードで、人のハート（背中側）に付着し吸い取ります。人から吸い取られる場合は背中からで、吸い取る場合は自分のおへそから。これは無意識に行われるようです。

ある人に会うと、疲れたり体調が崩れたりする場合は、エネルギーコードで繋がっている可能性があります。相手のエネルギーを吸ったり、相手から吸われたりと、エネルギーコードによって目に見えない奪い合い（共依存）が起きている場合や、一方的に吸われている場合があります。

ルキアスエネルギーのセッションでは、これを断ち切る事ができます。人生の障害となっている人間関係が整理され、健康面や精神面にも良い影響を与えます。

ベーシックコースのレベル2を伝授されたら、ルキアスのガイドがついてくれますので、エネルギーコードを付けたり付けられたりする事はありません。

ルキアス・DNAアクティベーション

このセッションを受けると、あなたの能力は活性化され、あなたは自分自身を創造します。

それはあなたの肉体の進化に合わせて進むでしょう。楽しみと喜びとともに、あなた自身を創造してみてください。

魂が肉体を持った今の自分を受け入れる。魂の覚醒。魂の復活。

今ここに生きる事、今の人生を楽しむ事に集中できるようになります。

このセッションではDNAの波長が変わり、多次元にいる自分が現在の自分の魂を核として調和されます。中心が定まり、その変化に伴い、身体の不調が回復するなど、肉体の変化も進んでいきます。

セッション後、逆に体調を崩す方もいますが、その理由は「この世に生を受けたお役目が明確になったのに、それをまだ受け入れていない」からです。「どうぞ、眠れる能力を目覚めさせ、早くお役目を果たしてください」という宇宙からのメッセージなのです。

みなさん、「やる!」と決めた瞬間から体調は回復していきます。

続いて、「ルキアス・DNAアクティベーション」のセッションを受けたYさんの体験談をご紹介します。

＊　＊　＊

★Yさん（30代、女性）

セッションがスタートしてエネルギーが流れ始めると、ラズベリーのような甘酸っぱい香りが漂ってきました。ピンク、黄色、水色といったカラフルな花々が咲き乱れる光景が目の前に広がります。そこは天・地という概念のない、どこか懐かしい空間……。私は、誕生したばかりのフレッシュなエネルギーそのものです。この美しい空間に誕生した事を、心から嬉しく思いました。

セッションのさなか、指先から冷たいエネルギーがシューと外へ漏れ出ていくのを感じます。いつも平熱が低い私ですが、その原因かもしれない（体温を低くしている）不要な何かが排出されているのだとわかりました。

＊　＊　＊

脳の活性化

魂が肉体に入った時、脳にはその魂の思考がインプットされます。そして、生まれ育つ環境に応じて、さらに複雑に脳は変化していきます。

このセッションを受ける事で、幾度もの転生により魂に刻み込まれたネガティブな思考と、生まれた後の環境や経験からくるネガティブな思考の両方が解放されます。蓄積された情報が整理され、脳が活性化し、使いやすくなります。

ある日、勉強ができないという孫を持つ友人から相談を受けました。その子の脳を霊的にスキャニングして調べたところ、左脳があまり働いていないとわかったのです。そこで、何度かエネルギーを流す事で左脳の活性化を試みると、その子の成績は奇跡のように上がりました。

同じセッションを別の中学生にも受けてもらいました。すると、今度は成績が下がってしまいました。原因を調べたところ、その子の望みはクリエイティブな方面に進む事。親の望み（高学歴）とは違っていたのですね。つまり、自分が望む（お役目のある）方向へ脳が開かれる事がわかりました。

成人の方にも、同様の変化がみられます。記憶力の向上、人間関係の改善など、「魂の癖」が修正される事で情報が整理され、脳が活性化していきます。生まれてから時間が経つと「魂の癖」も凝り固まるため、子供よりも大人のほうが悩みは深いようです。

それでもセッションを受けた方の全員が、生まれ変わったような嬉しい変化を体験しました。このセッションはＡＤＨＤやアスペルガー症候群の方にも良い結果を出しています。

続いて、「脳の活性化」のセッションを受けたＡさんの体験談をご紹介します。

＊　＊　＊

★Aさん（60代、女性）

このセッションは、脳をピアノにたとえると、ルキアスエネルギーによって「ピアノ（脳）の調律」をするようなものだという事でした。生きていれば、調律が狂う事もあるでしょうし、調律が狂えば奏でる音楽も美しくありません。

中には生まれつき鍵盤が足りない人もいるとの事。このセッションには、足りない部分を補足する要素も含まれているのでしょう。

一つひとつのセッションがじつに奥深いものであると、受光する度に思います。「脳の活性化」のセッションを受ける事で脳の調律が整えば、他のセッションを受ける際にも、より心身の活性化が進むのではないでしょうか。

＊　＊　＊

ハートの活性化

仙骨改善法で骨格を整える際のクライアントさんのハート部分に、潜在意識からくるネガティブな感情が湧きあがる事が度々あり、みなさん苦しさを訴えられるので、それを浄化するためにこのセッションが誕生しました。

別のセッション〈ルキアス・クォンタムヒーリング〈ライトボディのクリアリングを、量子の世界まで深くできるヒーリング〉など〉でその苦しみを取り除こうと試みましたが、次から次へと湧きあがるのでクライアントさんはなかなか楽になれません。

ルキアスには、脳の領域を整理する「脳の活性化」セッションがすでにあるので、次はハートの領域を整理する「ハートの活性化」セッションを作ってみようと思いついたのです。

普段は忘れ去っている過去の嫌な出来事、それに伴う心の痛みや悲しみなどネガティブな感情がハートの奥深くに封印され、それらが自分の行動や選択を知らず知らずのうちに狭めています。「こうしなくては」という制限は、恐れからくる選択なのです。

いくつもあるネガティブな感情パターンを癒し、ハートが解放される事により、のびのびと生きやすくなるのがこのセッションの特徴です。受光後、みなさんのハートはふっくらと大きく広がっています。ハートが癒されて初めて、これまで苦しかった事実に気づくのです。対人関係などで必要以上に気を使う方も、大らかな日常が送れるようになります。

続いて、「ハートの活性化」のセッションを受けたYさんの体験談をご紹介します。

＊　＊　＊

★Yさん（50代、女性）

何の理由も無く、常に胸がバクバクし、苦しくてたまりませんでした。

「ハートの活性化」セッションを受けたところ、スタッフの方の脳裏に「私が人の形にはめられている」という光景が浮かんだそうです。

続いて、私のハート部分にギュッと凝り固まっている感情のしこりを解きほぐす作業に入りました。その結果、感情の制限が解除され、ハートの領域が無限に広がったのです！

もちろん、セッション終了後には胸のバクバクも消えていました。

普段から無意識にやっている言動、つまり「魂の癖」を理性で抑えつけようとしても、どこかでひずみが生じてしまうのでしょう。苦しみの原因を探すよりも、まずはハートを解放する事が先決だと気づきました。そうする事で何事にもとらわれず、自然に生きていけるのです。これは潜在意識の中にため込んでいる、ネガティブな思考パターンを解放できるセッションだと思いました。

＊　＊　＊

脳幹と仙骨を活性化して繋ぎ、潜在意識を浄化する

このセッションでは、脳幹―背骨―仙骨が一つのラインで繋がり、そのライン上を電球が点滅しながら一定速度で上から下へと流れるようにエネルギーが巡っていきます。クライアントさんがセッションを受けている最中、人生をスキャニングしているようなシーンが見える事があります。これは、アセンションコースを修了したエネルギーレベルの方によく起こる事です。

まるで自分の人生を俯瞰《ふかん》するように、身に起きた出来事の全てを冷静に見つめられるようになります。忘れ去っていた過去の嫌な出来事も、昨日の事のようにありありと浮かび上がるでしょう。誰しも、嫌な事は思い出したくないものですが、このセッションでは感情を伴わないので、ハートが苦しんだ経験（情報）でも、「ただ起きた事」として冷静に、客観的にとらえられるのです。

スクリーンで映画を観る時のように、自分の人生を時系列で振り返っていくと、いつしかDNAに書き込まれた（魂の成長を妨げるネガティブな）情報が消去され、さまざまなブロックが解除されます。螺旋状のDNAから、白いものがふっと抜けていく様子をビジョン化する事もあります。これを私は「潜在意識の浄化」と表現しています。

それと同時に、魂の質に見合った肉体へと変化し、現実の生活や生き方も希望にかなったものへと変わっていきます。スピリチュアルな能力も向上するでしょう。

続いて、「脳幹と仙骨を活性化して繋ぎ、潜在意識を浄化する」セッションを受けたOさんの体験談をご紹介します。

＊　＊　＊

★Oさん（50代、女性）

このセッションを受けてみて、感覚的な何かがはっきりと変わりました。普段は忘れている潜在意識に刻まれたトラウマが、ふとした事で刺激され、一瞬にして苦しみや悲しみに心が占領される事があります。また、過去の嫌な出来事が心をよぎるだけでも、大いに感情が揺さぶられてしまいます。

しかし受光後には、こういったネガティブな情報がきちっと整理された事で、感情にとらわれて右往左往する事が無くなりました。過去の嫌な出来事も、冷静に、客観的に思い出す事ができています。今は、ため込んでいた感情を排出した事で、しつこい汚れをこそぎ落した時のような清々しい感覚です。

先日、ここ10年疎遠だった、かつてのママ友と街でばったり再会しましたが、過去にいろいろとあった事や苦手な意識など、余計な感情は一切浮かんできませんでした。にこやかに挨拶を交わし、さらっと近況を報告し合って別れる事ができたのです。以前の自分では考えられない事で、セッションによって心がきちんと整理整頓された証拠だと思いました。

＊　＊　＊

右脳と左脳の光のネットワークの再構築

脳は、神経細胞同士が情報を伝達する事によって、心や身体の機能を細胞に伝える働きをしています。これらの情報は、基本的に電気信号でやりとりをしていますが、この電気信号を運ぶ役目を担っているのがバイオフォトンです。

バイオフォトンとは、文字通り「生命（バイオ）の光（フォトン）」という意味。全ての細胞は光を発しています。この生体内で発する光（細胞の発光）を用いて、右脳と左脳の繋がりを再構築し、神経伝達を早める事で能力を開発していくというセッションです。身体のあらゆる不調だけでなく、精神疾患の改善にも有効です。

続いて、「右脳と左脳の光のネットワークの再構築」セッションを受けたFさんの体験談をご紹介します。

＊　＊　＊

★Ｆさん（50代、女性）

私の持病は、こめかみが締め付けられるような偏頭痛。治療方法も無くただ痛みに耐えるだけの日々でした。パソコンに向かう仕事をしていますが、午後になると目が疲れて、モニターを見る事もしんどくなります。そうなると頭も働きません。

このセッションを受けてからは、頭痛などの不快な症状は見事に無くなりました！しかも1日中、頭の冴えた状態が続いています。仕事で英語を使う時も以前のように緊張せず、相手の言葉をしっかりと聞き取り、スムーズな受け答えができています。まるで英語のスキルが相当上達したかのような変化です。

体調と同じく、気持ちの面も変化しています。人間関係に思い悩み、面倒くさい、もう嫌だと現実から目を背ける事が多かった私ですが、これまでと環境は変わらないのに、そのような事で悩む事が一切なくなったのです。

より進化した脳のセッションを受けた事で、体調はもちろん、性格や生き方まで大きく変わった事に心からの感謝でいっぱいです。

＊　＊　＊

空間認識力の正常化

空間認識能力とは、「三次元空間にある物体の形状、位置、方向、間隔などを正確に認識する能力」「複雑な構造や空間をイメージして視覚化（ビジュアル化）する能力」の事を指します。この能力が低い方は、方向音痴で道が覚えられない、地図が読めないといった傾向があります。一般的に「男脳」「女脳」といった分け方がありますが、「地図が読めない」傾向は女脳にあたるようです。

空間認識能力を正常化すると、対象物や出来事を俯瞰する視点が養えます。つまり、瞬時に全体像を把握し、物事の本質をとらえる事ができるようになるのです。これは「直観力」や「スピリチュアルな能力」の開発にも大いに役立ちます。

続いて、「空間認識力の正常化」のセッションを受けたUさんの体験談をご紹介します。

＊　＊　＊

★Uさん(50代、女性)

「空間認識力の正常化」セッションを、1回目はルキアスセンターで、2回目は遠隔で受けました。

1回目の受光後には、自分に必要な時間が生み出されていく感覚が顕著にみられました。例えば、アフターファイブに受講したいセミナーがあったのですが、残業になり、時間に間に合いそうにありません。ところが、どういうわけか定時に上がる事ができ、電車の乗り継ぎもスムーズで、開始時間までに余裕を持って会場に着く事ができたのです。食事をとる時間もありました。

このように何らかの理由で目的地へ向かう場合、車で移動する際もなぜか渋滞に巻き込まれないなど、自分に都合よく「時間や空間が設定」される感覚なのです。

また、受光後には道を覚えやすくなった事も大きな変化です。目印となる建物の形や場所を覚え、地図を頭に入れて目的地へ向かう事も容易になりました。地図をイメージする場合、左目を使って立体空間を広げていく感じです。

2回目に受けた遠隔セッションの後には、ルーチンワークなどタイムスケジュールに合わせて行動ができるようになりました。仮に予定外な事が起きても、帳尻を合わせられる判断力が身についたようです。

あと、カバンの中身を整理できるようになりました。いつもあれこれと詰め込んでパンパンになったカバンを持ち歩いていましたが、必要なものの優先順位をつけて最小限を携帯するようにしています。カバンが軽くなった事で動きやすくなり、活動的で充実した毎日を送っています。

＊　＊　＊

仙骨改善法

クライアントさんの身体に触れず、エネルギーのみで骨格・仙骨の歪みを正し、身体の不調や痛みを改善するのが仙骨改善法です。プロポーションが変わるだけでなく、心と身体と魂が調和し、動脈・静脈・リンパ・神経伝達なども正常に機能し始めます。

骨の歪みは、骨という物質だけにフォーカスしても改善しません。身体を取り巻くエネルギー層にもアプローチし、アセンションに向けて、魂の容れ物である肉体を多角的にケアしていきます（仙骨改善法の詳細については、第四章をご参照ください）。

続いて、「仙骨改善法」のセッションを受けた方々の体験談をご紹介します。

＊　＊　＊

★Uさん（50代、女性）

・1回目

仙骨改善法を受けてすぐに呼吸が深くなり、変性意識へと移行していきました。全身の細胞がプルプルと振動していました。特に鼻の裏側や手足などがしびれるような感じになりました。右の太ももの上に何かがドンと落ちた衝撃を受けると、身体がカーッと熱くなって汗が吹き出てきました。

セッションの帰り道、自分を中心として右回りにグルグル旋回するエネルギーを感じ、それが夜まで続きました。腸が活発に動き出したせいか、お腹を下してしまいました。

ベッドに仰向けに横になると、骨盤が上下左右に動き、そのまま寝てしまいましたが、夜中に突然、右の骨盤が大きく持ち上がりました。股関節にも違和感がありました。

翌朝は身体の浮腫みが取れてスッキリしていました。夜中に骨盤が動き続けていましたが、鏡で見ると、腰回りがギューっと引き締まった感じです。皮膚が引っ張られる感じがしていた顔や背中もずいぶん引き締まりました。

身体が軽くなった事で動きたくなり、掃除や勉強や仕事をテキパキとこなしています。

気持ちの面では、ポジティブな思考に切り替えやすくなりました。今も鼻の裏側（蝶形骨のあたり）がジンジンしています。

・2回目

1回目の仙骨改善法を受けてから、生活習慣が大きく変わりました。30年近くシフト制の仕事を続けていて、夜勤明けの日などはダラダラと過ごしていました。午後3時を過ぎる頃まで、何をする事も無くボーッとしているのです。

ところが、仙骨改善法を受けてからは充実した毎日を送るようになり、夜12時前に就寝するため、仕事や勉強をダラダラと続ける事は無くなりました。整理整頓にもしっかり努め、女性らしさも出てきて、自分の変化にすごく驚いています。

遠隔セッションを受けた翌日、これまで抑え込んできたネガティブな感情の解放が起こりました。肩甲骨がしなやかになると同時に、心の底から怒りが沸き上がってきたのです。仕事で人と関わる事が嫌になり、「自分自身でいられる場所」を求める気持ちが強くなりました。わがままだとは承知していますが、どうする事もできません。

こうして自分の内面を見つめていると、今度は右の首から肩にかけて下に引っ張られるような痛みが走りました。右親指の関節も突き指をしたような痛みがあり、見ると外側に反り返っています。ストレッチをすると肩の痛みは少し治まりましたが、違和感はそのままです。

不思議と、その翌朝には怒りがおさまっていました。寝ている間に靭帯や腱が伸びたせいか、身体全体が軟体動物のように柔らかくなっています。身体の変化だけでなく、蓄積された感情が解放されるのも仙骨改善法の醍醐味だと思いました。

★Aさん（60代、女性）

遠隔セッションを受けた日の夜、胃の奥のほうが熱くなり、第3チャクラが活性化しているのかなぁ……と思いました。そして翌朝、活性化したのは第3チャクラではなく別のチャクラ（コアスター〈バーバラ・ブレナン提唱。永遠に変わらない自己の本質〉）である事がわかりました。

その後、歩きながら頭が後ろに引っ張られる感じがしました。いつも前かがみな姿勢を取っているので、前後左右のバランスが整ったようです。

私のコアスターは、縦のラインと横のラインが交わった場所にあります。正しい位置に置かれる事で、コアスターの活性化が始まるのだと思います。

コアスターの光はどんどん強くなり、外側の殻が割れて中から人が出てくるビジョンが浮かびました。これは擬人化されたエネルギーなのでしょう。

「とうとう、私のコアスターが目覚めた！」と実感しました。

★Fさん（40代、女性）

仙骨改善法を受けると頭蓋骨が拡張される感じがして、エネルギーを使うからか？お腹が空いてきました（笑）。

その日はセッションを受ける前から腰やお腹に痛みがありましたが、終わってからも頭痛があり、目の奥や額の周りも痛みました。松果体やアンタカラナに関係があるのでしょうか？頭の痛みは、仙骨改善法のエネルギーによっていろんな部分が変容している証拠のような気がします。

私は姿勢が悪いほうではありませんが、長時間同じ姿勢で作業していると骨格が歪むからでしょうか、手や足がしびれてきます。それでも仙骨改善法を受けた後は手足のしびれも無くなり、見た目がすっかり若返りました！

＊　＊　＊

ルキアス・アセンションアドバンスコース

レベル1～レベル3を「ルキアス・アセンションベーシックコース」、それ以降を「ルキアス・アセンションアドバンスコース」と言います。

アドバンスコースでは、真剣にアセンションを目指す方々のための高度な癒しのテクニックを網羅《もうら》した、さまざまなセッションをご用意しています。その中には、この章で一部ご紹介したような「単独でも受けられるミラクルセッション」が多数含まれています。

マスターである華永自身の進化に伴い、ルキアスエネルギーは、ますますパワーアップしてその可能性を広げています。こうして本の原稿を書き進めている間にも、新たなセッションが次々と生まれているのです。
（★印のあるものは「単独でも受けられるミラクルセッション」です）。

Ａ：ＤＮＡ・アセンションコードの目覚め
Ｂ：Ｂｒａｉｎ・アセンションコードの誕生
Ｃ：ライトボディの活性化★
Ｄ：脳の活性化★
Ｅ：ハートの活性化★
Ｆ：エレメンタル除去★
Ｇ：ルキアス・ＤＮＡアクティベーション★
Ｈ：脳と肉体の光のネットワークの再構築★
Ｉ：脳と肉体と魂のネットワークを繋ぐ★
Ｊ：生体神経ネットワークと脳神経ネットワークを活性化し調和する★
Ｋ：男性性を解放し女性性を解放し調和させる★
Ｌ：ソウルスターチャクラとアーススターチャクラの活性化

M：量子場覚醒
N：全身内分泌系再調整
O：アセンション・サージャリー®で全身の骨の取り換え★
P：ライトボディと肉体の中にある過不足分を調整する★
Q：アンダークリスタルの解放
R：中間世からの解放
S：罪悪感からの解放
T：宇宙のカルマの解放
U：統合
V：コーザル体の封印を解く
W：コーザル体の浄化

（現在も新しいセッションが誕生し続けており、それらはAから順番に受光された方のみが受けられるセッションとなります）

ソウルスターチャクラとアーススターチャクラの活性化

私たちはそれぞれの宇宙から地球にやってきて肉体を持ちました。しかし、エネルギー体から地球に存在するための肉体へと変容した際に、何かしらの衝撃を受けます。それが、本能に刻み込まれるのです。

地球は、さまざまな宇宙の受け皿として機能してきました。あくまでも、私たちはその受け皿に載っている状態でした。しかし、このセッションにより本能に刻み込まれた衝撃が癒されると、地球と自分の宇宙が一体となります。すると、肉体を持って地球に存在する事が以前よりも楽になり、人生を楽しむ事ができるようになるのです。

ソウルスターとは上からの流れを指し、神の意志を感じる場所を意味します。ソウルスターチャクラが活性化すると、グレートセントラルサン・自分の良心・神聖な叡智《えいち》・太陽との繋がりを得る事で安心感が増し、感性や能力が高まります。

アーススターとは下からの流れを指します。アーススターチャクラが活性化する事で自分が何を受け入れ、何を受け入れないか（何に同調して、何に同調しないか）が明確になり、あらゆる繋がりが変化します。

ソウルスターチャクラとアーススターチャクラの双方が活性化する事で、下からのエネルギーと上からのエネルギーがハイハートの位置で出会います。すると、自分自身にかけていた心の制限が外れ、エネルギーの活動範囲が広がります。

さまざまな事柄に対して、認識の仕方も変わるため、人間関係やそれに伴う感情に変化が起き、「今ここに生きる」事がしやすくなります。

続いて、「ソウルスターチャクラとアーススターチャクラの活性化」のセッションを受けた方々の体験談をご紹介します。

＊　＊　＊

★Yさん（30代、女性）

華永先生がエネルギーを流すと、直腸、左脇の下、左肩が瞬時に銀色の金属のように変化して冷たくなり、治療が始まりました。

同時に、毛抜きで左脇の毛を抜いている10代から20代前半の自分の姿を映像として見ました。日々のお手入れとしての習慣でしたが、その時に直腸が捻じれ、右肩を巻き型にしてしまったようです。無理な態勢を取りながら、息を殺して脱毛作業をしていたのもよくありませんでした。

続いて、地球に生命が生まれた（巨大な昆虫たちが生息する）時代の映像を見ました。その時の私は、羽のある巨大な昆虫でした。冒険心を持ち、弱肉強食の時代を自分なりに生き抜いています。

全ては繋がっています。このセッションを受ける前の巨大な昆虫だった私は、息をころして生活していたのでしょう。これが怖がりの原点のようです。

そのエネルギーが現在の私の本当に何気ない日常の習慣と繋がり、肉体に恐怖のエネルギーを蓄積させていたようです。これは、私から私への「自分なりに生き抜けばいい」というメッセージであったと思います。

★Aさん（60代、女性）

「ソウルスターチャクラとアーススターチャクラの活性化」「量子場覚醒」「全身内分泌

系再調整」のセッションを続けて受けました。

「ソウルスターチャクラとアーススターチャクラの活性化」を受けた時、始めに膝の下あたりから何かエネルギー的なものが、足の下数10㎝まで伸び、そこに星ができました。今度はそれが膝から上に伸び、頭上数10㎝で止まって、またそこに星ができました。その星と星の間をエネルギーが流れるのをずっと感じて、その日のセッションは終了しました。

その日の印象は、「普段1から7のチャクラしか認識が無いのに、本当に0と8のチャクラがあって使えるようになるんだな」という事と、「ホントに星（ができるん）だ！」という事です。

さらに驚いたのは、その日の夜に「量子場覚醒」の遠隔セッションを受けた後の事です。翌朝、起きて自分に何が起こったか見たところ、ソウルスターとアーススターを頂点と底辺にする卵の殻のようなものが知らない間にできていて、それがバリバリと割れているのが見えました。割れた隙間から私が真っ暗な宇宙に飛び出しています。次ページのイラストのような卵型の中の、エーテル体にいたのが、宇宙に飛び出していたのです。

こんな殻があって割れて、そこから先は真っ暗な宇宙です。この画像には星が瞬いていますが、私には星さえ見えない真っ暗闇の世界に見えました。

私を先導してくれる虹色の鳥がいて、これはフェニックスと思われます。フェニックスはセドナのエネルギーの神様の眷属《けんぞく》（神の使者。多くはその神と関連する動物）らしいので、この前の華永先生のご旅行の際、お借りする約束をされたのではないでしょうか。

その日は仕事だったので、一日、暇な時間に自分の様子を見ていましたが、夜寝る時まで特に変化はなさそうでした。真っ暗闇にいて、相変わらず先導してくれる虹色の鳥が見えました。

変化が起きたのは次の日です。起きた時、「あれ？ 何か景色が違う」と思ったら、「ステラゲートへ、ようこそ！」という声が聞こえました。虹色の鳥はいなくなっていました。目的地まで送り届けたので帰っていったのでしょう。

大きな門と門番のような女性が見えました。

「ようこそ！」と言われたからには当然入れると思いましたが、ここで「荷物が多い」と言われ、中に入れてはもらえませんでした。

当然、身一つで行っているわけで、荷物というのは私自身の何かです。私には「あなたがこの中に入るには重すぎる」と言われたように感じました。重さは多分、光ではない部分です。

そこで、華永先生に「全身内分泌系再調整」のセッションをお願いしました。このセッションだけで入れるかどうかはわかりませんでしたが、ひとまずセッションをお願いして、入れなかったら出直そうと思っていました。

その後、なんとか重量チェックをクリアしたようで、門の中に入れてもらえました。門を開けてもらって入ったという記憶は無く、いつの間にか入っていたという感じです。中の人たちに肉体は無く、ここはもう輪廻転生をしなくてもよい世界になるのかな、と思いました。

そういえばここのところ、いろいろとまた課題が下りてきて、「なんでこの時期に?」と思った事があります。そして、ある決断をしたら現実が変わり、長年の悩みが解消されました。

他のルキアスヒーラーの方々を見ても、さまざまな課題が来ているように思われます。ステラゲートに入れようとそれぞれを導く方たちが、一生懸命課題を提供してきているように思われます。

＊　＊　＊

このセッションでは、自我の変容が起こります。あなたはあなた自身を愛し、受け入れます。不安や葛藤に消耗される事は無くなり、愛のエネルギーに満たされている事をより実感するようになるでしょう。

ソウルスターチャクラとアーススターチャクラの活性化を受ける事で、エネルギーがハイハートに集まります。そこで量子場覚醒を行うと、ハイハートチャクラが開きます。そして、そこへ集まったエネルギーが、ハイハートチャクラを中心に全身に広がり調和するのです。

続いて、「量子場覚醒」のセッションを受けたYさんの体験談をご紹介します。

＊　＊　＊

★Yさん（30代、女性）

まず、胸骨の中心を起点としてゲートができました。そして、恩愛《おんあい》（無条件の愛）を受け取って、受け入れるためのエネルギーが降り注いできました。今の私に足りないエネルギーのようです。直腸、左手の人差し指、左足の中指、左側臓器を中心に治療されていきます。

「私は、私を愛しています」という言葉とともに、子宮と卵巣にもエネルギーが充満してきました。恩愛のエネルギーが不足する事により、受け入れる事に影響が出ているようでした。

このセッションを受けた事により、自我が変化し、より自分を受け入れる事と、他者を受け入れる事がスムーズになると感じました。

あと、「塩分をもう少し控えるように」というメッセージも受け取りました。

＊　＊　＊

コーザル体の封印を解く

コーザル体を調べた時、あるサイトに興味深い事が書かれていました。ご紹介しましょう。

『コーザル体は、メンタル体よりもさらに高い存在です。コーザル体は、「仏性」とか「本来の自己」と呼んでいる存在です。魂というのはコーザル体に存在します。

しかしながら、コーザル界は完全な世界ではありません。輪廻する魂は、コーザル体に包まれて高い世界に行けません。本当の解脱した魂はコーザル体の殻を破ってからさらに上の世界に存在します。

――――中略――――

何度も繰り返される人生を通じて得られる経験や知識は、コーザル体のレベルに貯蔵されます。コーザル体は魂の器で、コーザル体と魂は、常にセットであの世とこの世を行き来しています。

コーザル体が必要無くなった状態が7次元以上（ブッディ意識）。7次元以上になると、この世に転生しなくてもよくなります。本来、魂は7次元以上の存在であるにも関わらず、因縁のためにコーザル体に封印されているのです』引用：『銀河連邦フォーラム』

ここで書かれている事が本当だとしたら（ダウジングでは、この部分は本当だと答えが出ます）、神から分かれた魂は、コーザル体でカルマの種を1粒撒きます。撒いた種からカルマの出来事が次々起こって茂り、世界へ広がっていきます。そのカルマは、その魂の担当です。

そのカルマによって、闇も光も体験します。闇を体験すると恐怖を感じます。人は、やった事は忘れて、やられたという恐怖の方を強く記憶しているものです。これらがコーザル体に蓄積されています。これがコーザル体の封印です。

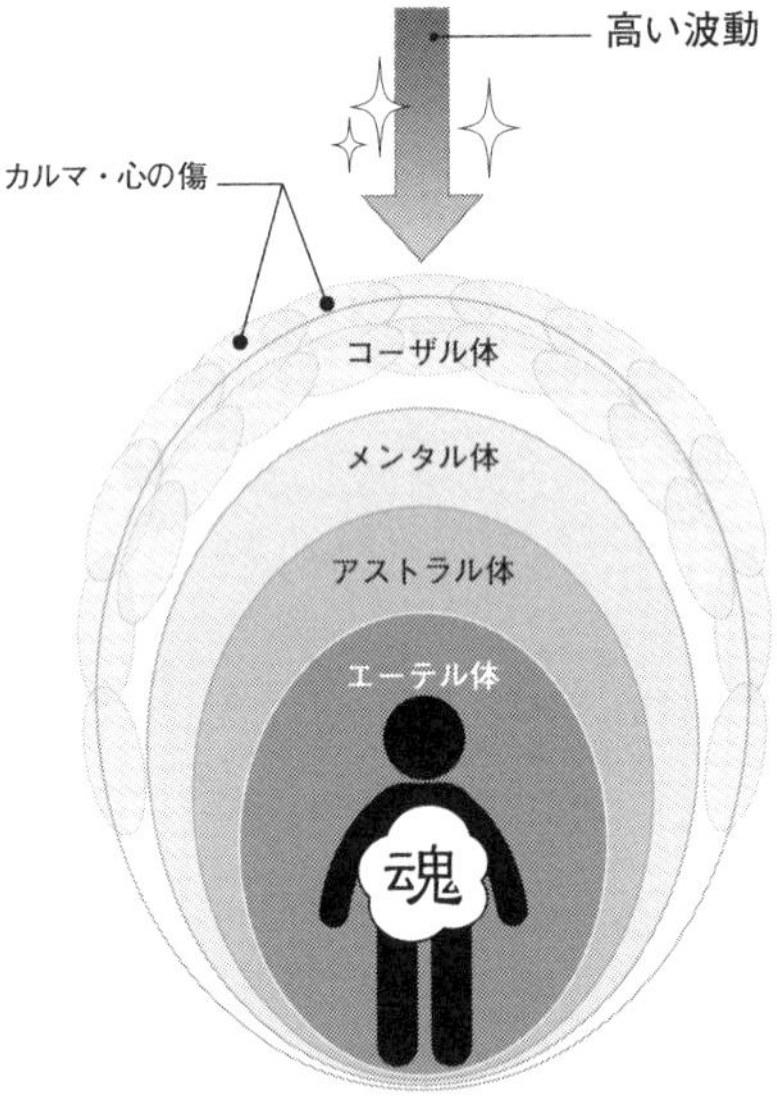

茂ったカルマを刈り取り、種の状態に戻し、その種を元の世界へ還し、魂をコーザル体の封印から解き、ブッディ界の波動が受けられるようになり、7次元のブッディ界へ戻る、その時がやってきました。自分がこの世界を作っているのなら、自分が作ったカルマを解けば、世界中のそのカルマが消滅します。

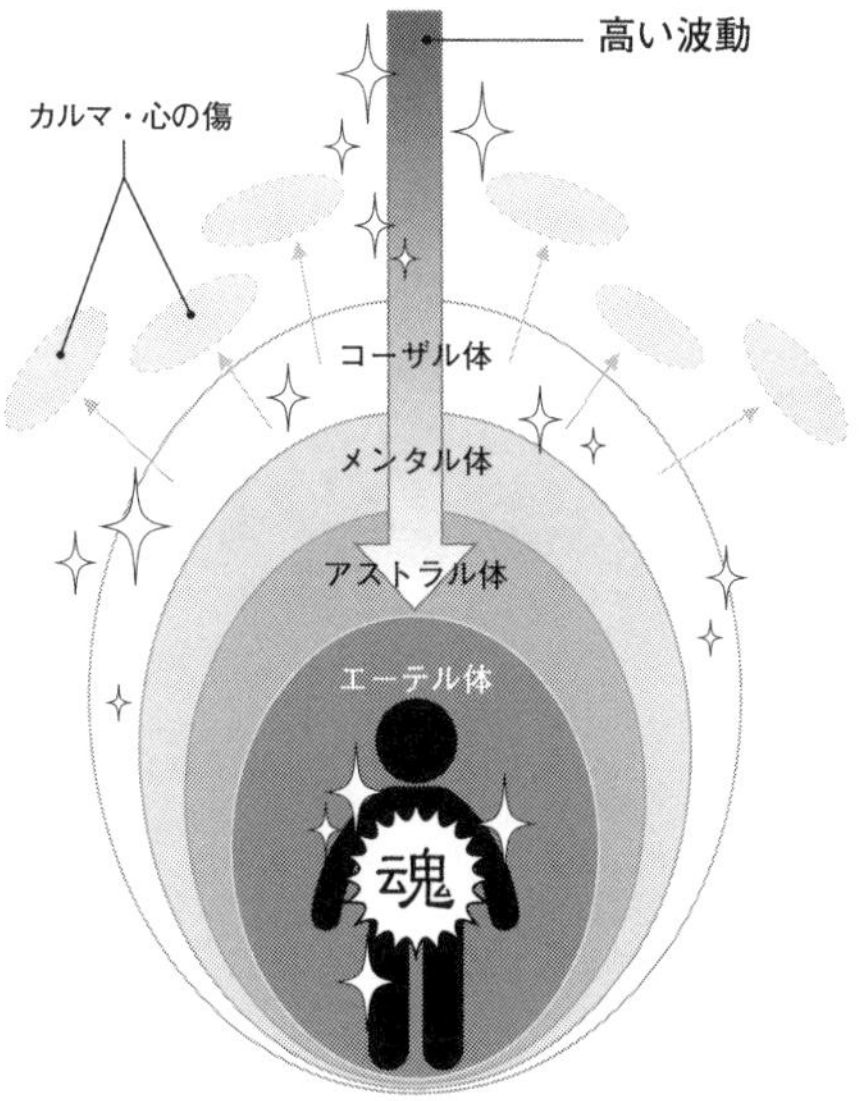

続いて、「コーザル体の封印を解く」セッションを受けた方々の体験談をご紹介します。

＊　＊　＊

★華永の体験談

華永はある夜、前述の「コーザル体の封印を解く」エネルギーを自分に流しました。

次の朝、起きてすぐに「差別」という言葉が浮かびました。

私のカルマは「差別」だったのです。自由や制限か？と思っていたのですが、そうではなかったのです。子供の頃からずっと受けてきたのは自由の制限でしたが、それは「差別あり き」から発生した制限でした。

まず母の連れ子だったために、継父から受けた差別。その継父の実子である妹との差別。これは、露骨にずっとありました。

自由を制限された事が表には出ていたのですが、「差別」と浮かんで、差別の数々を怒涛のように思い出しました。

差別を受けたという事は、差別をしたという事。やられた事はやっているというカルマの法則からいけばそうなります。

自分が世界を作っているという事が本当であれば、宗教、人種、国、学歴、貧富など、世界に広がっている差別は私が原因。私が差別をやめれば、世の中から差別が無くなる。カルマの種を元に還せば、世の中からその争いが消える。レベル２「ライトボディ復活＆覚醒＆肉体のカルマの消滅セッション」が誕生した時以上に、世界へ影響する事になります。

お昼頃、私の状態をスタッフの廣華さんに見てもらいました。定休日だったので遠隔でした。それがこちらです。

「大分コーザル体はクリアに完成されているように思います。大きく光のピラミッドが構築されて完成した感じに見え、その頂点に人が（先生の魂なのか意識なのか）立っている図が見えました。ピラミッドも立っている人をも、全てを包むように存在する、背後の大きな意識体はまだ大きく育ちそうに見えました。確かに、差別があって制限が生まれたのかも」

現在はさらに理解が進んでいるので、進化しているかもしれません。ブッディ界からの光を受けて、これからどんな事が起こるのかが楽しみです。

★Aさん（60代、女性）

Aさんのセッションでは DV な男性が出てきました。身体への暴力だけではなく、言葉での暴力もあったようです。

いつも自分が被害者だと思っていましたが、実は始まりは自分が加害者。そしてそのカルマ返しの繰り返し。今回は被害を受けるのが彼女の担当だったようです。

一つひとつのカルマが種に戻る事で、世界中から争い事が消えていくのかもしれません。

「もう体験は終わり、全員でアセンションする時がやってきましたよ」と言うように、世の中が変わっていくのかも……。

★Uさん（50代、女性）

セッションが終わる直前に、頭から足元まで白いベールに身を包んだ存在が、私の周りを取り囲んで、たたずんでいるビジョンを見ました。顔はベールに隠され、どんな表情をしているのかはわかりませんでした。

セッションが終わり、廣華さんや潮音《しおね》さんから、「何かビジョンが見えたり、聞こえてきたり、頭に浮かんだ言葉はありましたか？」と問われた時に、何も思い浮かびませんでした。

私が気にかけていた「傲慢《ごうまん》さ」をお伝えしたところ、それは大元のカルマの種から派生したものだという事でした。大元のもの？　と考えたとたん「ごまかし」「自分をだます」という言葉が浮かびました。それを伝えると、廣華さんと潮音さんが受け取ったものと同様なものだったとの事でした。

その時ハッと「自己欺瞞《じこぎまん》」という言葉を思い出しました。

自分自身を欺《あざむ》き、自分がやりたい事と裏腹な状況に自分を陥《おとしい》れ、自分を裏切り、地団駄を踏み、怒りを抱えたまま、他人の前で笑顔でいる自分。自分の真実にふたをして、他人のせいにし、正当化している自分。

誰も自分をわかってくれないと嘆き、無限ループの中で生きてきた事に気がつきました。いつも同じ事を繰り返してきた！　しかも幼い時から繰り返してきた！　絶句、絶句、絶句でした。

そして、どうしてそのカルマの種を撒いたか、意味を見つけようと反応しました。廣華さんと潮音さんは、「撒いた種に理由は無いの」「ただ撒いてきただけだから」と、お話してくださいました。

そうなんだ！と、納得しようとしながらも、理由を探そうと少し混乱しました。そんな自分を、内なる自分が冷静に観察している感覚もありました。

「自己欺瞞」という言葉を初めて知ったのは、ルキアスと出会う5年前の事でした。その時に受けた浄化セッション中に、聞こえてきた言葉だとセラピストの方より教えていただきました。

そして、「自己欺瞞」自体を解放する事はできないと言われました。全人類に共通する根深いもので、取り去る事は途方もない時間がかかり、次々に生み出されていくため、難しいとの事でした。

その時の対処としては、自分の行動を意識し変えていく事だったと記憶しています。

今回のセッション後に、「自己欺瞞」は、私がこの世に広めるために持ってきた「種」だったため、今回のセッションで「種」を回収したと、華永先生が教えてくださいました。

このセッションで、悩まされ翻弄《ほんろう》された信念体系から解放される喜びを、今はただ静かに感じています。

次回のコーザル体の浄化セッションを楽しみにしております。いつもたくさんの恩恵をありがとうございます。

＊　＊　＊

アセンション・サージャリー®

アセンションとは次元上昇を意味します。サージャリーとは外科手術の事です。アセンション・サージャリー®とは次元上昇する手術です。

もちろん医者ではありませんから、肉体に手術などはできません。が、エネルギー体ならば別です。身体に触らず肉体に即影響を与えるエーテル体を手術して、現在の肉体の不具合を改善いたします。

このノウハウを学べるのは、ルキアス・アセンションコースを修了され、アセンションを遂げた方が対象となります。これを受けると、自分自身で脳や骨も取り換える事ができます。

受光生の一人が、認知症で入院している母親の脳を取り換えたら、以前は「私は誰？」と訊くと、いつも「お姉さん」としか答えられなかったのに、「○○さん」と名前を答えたそうです。

そして前日の出来事を話したとか。この変化にびっくりしたと報告してくれました。

遠隔も容易です。原因不明の激痛に3時間苦しんでいた生徒から電話で依頼がありましたので、遠隔でアセンション・サージャリー®を行いました。終わった直後に電話したら、先のSOSの電話の時とは違い、声に余裕がありました。

翌日メールが届きましたが、違和感はあるけれど、痛みはあれ以来皆無だとか。実はこの方は現役の医師ですが、自力ではこの痛みはどうにも治まらなかったそうです。こういう原因不明の痛みには「不具合の原因」と指定して取り除けば、結果痛みは無くなります。

これからさらに検証していきたいと思います。

ルキアス・クォンタムヒーリング

ライトボディのクリアリングを量子の世界まで深くできるのが、ルキアス・クォンタムヒーリングです。クォンタムヒーリングを行いながら、アーマーをクリアリングしていく事になります。

アーマーはエーテル体の鎧の事を言います。多くは恐怖から逃れるためにつけています。サイキック戦争の時に着けていた鎧を、生まれ変わってもつけてくるのです。大体は役目が終われば自然に外れるようになっているのですが、外れそうになっていても外れない場合があり、それが原因不明の悪影響を肉体に及ぼしている事が多いようです。

仙骨改善法で通われている男性が、身体に力が入らなくて、手足が重いと訴えてきました。その時はそれなりにヒーリングを行いましたが、翌週来られた時にも同じ訴えがありましたので、調べてみると、アーマーが外れかかっている事がわかり、外す事になりました。

大体アーマーをとどめているビスのようなものがある位置に、痛みが起きるようです。アーマーがぶら下がっているので、その部分に力が入らなかったのですが、それを取り去ると、いきなり元気になられました。

華永が調べると、アーマーは第5層まであるようで、1回に外せるのが1層から2層の一部分までです。その方により違いますし、外れる時期も人それぞれですが、時期が来ないと外れません。

自動書記開発

すぐに使えるようになる方と、ビジョンが見えやすくなるようになる方など、個人差があるようですが、自動書記能力は非常に役に立ちます。

第四章　身体の不調を早期に解決！ 仙骨改善法ルキアス

肉体と共にアセンションするために

今回のアセンションは、人間の意識が肉体を持ったまま、地球、そして太陽系とともにアセンションするという、何億年も前からプログラムされた宇宙の壮大な計画です。

前著が発売された２０１０年10月頃には「自動全身骨格調整」で肉体の不調を改善しておりましたが、あれから7年という歳月の間に進化を続け、２０１７年11月現在では「仙骨改善法ルキアス」にて皆様のお身体の悩みを解決しております。

仙骨改善法ルキアスとは

仙骨とは身体の中でも重要な骨で、背骨の一番下にあり、骨盤の中心に位置した逆三角形の骨です。人体のほぼ中央に位置し、胴体を支え、上半身と下半身を繋げる事ができるカスガイ（鎹）の役割をしています。２００個ある骨だけでなく、皮膚・筋肉・内臓・諸器官などの身体全体のバランスをコントロールしている、非常に重要なパーツです。

西洋では、古来より仙骨の事を「聖なる骨」と呼んでいるそうです。

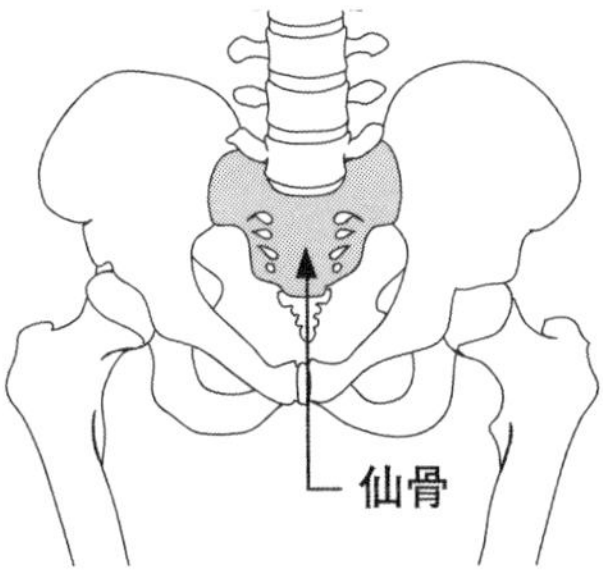

仙骨の図

この仙骨は身体のバランスを取る働きもしていて、激しく転倒したりすると仙骨がずれてしまいます。ずれたまま固まり、その上に背骨が載っている事から、身体全体が重心を取るために歪んでしまいます。

転倒したり仙骨がフリーズしたばかりの時には激しく痛んだり、違和感が起こりますが、人間の身体は自動的に再構築するようになっており、少し違和感があっても、「痛みも軽くなってきたし……」と、治ったと勘違いをします。

そのまま放置していると、重力によりさらに歪みが出て、ある日痛みを感じるようになります。

仕事や運動などでさらに痛みが増す事もあり、慢性的な痛みによる辛い日々が続きます。

その仙骨のずれを正し、身体の歪みを正し、重心を正しくする事が仙骨改善法です。

これは全て、ルキアスエネルギーを流すのみでできるのです。ですから、身体を圧したり曲げたりする事などは皆無です。

仙骨は球体の一部

自分の仙骨の複製を作っていくつか組み合わせると半球になります。その半球を2つ合わせると円ができます。

実はこれが仙骨の本当の姿です。

3次元に存在しているのは球体の一片だけで、後の部分はこの次元に存在していません。この球体を通してソース（源）のエネルギーが入ってきて、球体の中で回転運動が加わり、背骨の周りにあるエネルギーラインを上昇していきます。

球体の中でエネルギーが回っているゆえ、人間は直立できるのです。

これは回っているコマが倒れないのと同じ仕組みです。

猿にはこのエネルギーの回転が無いので、直立はできません。

人間も年を取ってくると、エネルギーが回転する力が弱まり、背骨が曲がってくるのです。
もし仙骨が折れてしまえば、人間は動けなくなります。引用：ブログ『自然《じねん》』

仙骨改善法を受けた方全員が体験します！

・目を大きく開く事ができるようになる（若い頃の顔に戻る）
・小顔になり、肌艶が若い頃のようになる
・痛みが取れる（捻れが取れるため）
・立っているのが楽になる（重心が整ったため）
・背中とお腹がスッキリする（猫背でなくなる）

小顔で美しくなる「仙骨改善法ルキアス」

◇顔は身体の縮図

顔は身体の縮図という事をご存知でしょうか？　左右の目の大きさの違いや耳の位置の違いをどうしてだろう……と考えた事はありませんか？

女性（現代では男性もお化粧されますが）はお化粧する時に目や眉の左右のバランスを整えます。左目は右目より小さいとか眉毛が片方だけ上がっているなど、そのバランスを取るための化粧に、出勤前だというのに時間を取り、なかなかうまくいかず、イライラしたという経験が一度や二度はあるでしょう。

顔のバランスの崩れは、身体のバランスの崩れでもあるのです。身体の歪みに比例して顔も歪んでいるという事です。左右の目の大きさの違いは身体の歪みであり、それは年々酷くなる可能性が高く、左右の顔の歪みもさらに酷くなっていくのです。

◇身体の歪みが修正されたら自然に小顔になる

いまや小顔ブームで、テレビ番組では力技で無理やり顔や頭を押し付けて小顔矯正しているのを見かけますが、あれでは後々、頭痛や身体に痛みが起きるようになる事が予想されます。頭蓋骨を締め付けたり顎を押し付けたりすれば、まずは頭蓋骨が、それに比例して身体もバランスが崩れてしまうからです。

そもそも顔が大きいというのは、身体にも無駄なスペースがあるという事で、身体の歪みが取れたら、それだけでみなさん小顔になっていきます。身体の歪みが修正された分だけ比例して、顔も歪みが修正され、即ち身体の歪みを正せば、顔も自ずと美しくなるのです。そして身長が数センチ高くなった方もいらっしゃいます。

背骨の曲がりが修正され、猫背が改善されたのですから、当たり前の事です。

◇左右対称は美形の基本

テレビや映画でイケメンや美人と言われている方々のお顔を見ると、みなさんほぼ左右対称であるという事がわかります。左右の目の大きさが揃っていて、高さも同じ。

不細工と言われている方々のお顔を見ると、左右のバランスが崩れている事が多いです。左右のバランスが崩れている方は、不細工になるだけではなく、腰痛や肩凝り偏頭痛などで悩む事になります。

◇顔の歪みは身体の歪みと痛みを暗示している

顔が歪んでいる方は身体にも歪みがあり、痛みもあります。

痛みに自覚が無い方もいらっしゃいます。これは、痛い時期を過ぎて慣れてくると、痛みに対して麻痺していくからです。麻痺と言っても神経の麻痺ではなく、痛みを感じる事を自覚できないという麻痺です。本当は身体に痛みを持っているのだけれど、ずっと痛みを感じるのは辛いので、麻痺させて痛みを自覚しないようにしているのです。

◇痛みは危険信号

でもそれは、本当はとても危険なのです。今にも折れそうな枝を振ったり、何かに当てたりしたら、簡単に折れてしまいます。

身体もそうです。痛みがあれば用心しますが、何でもなければ無造作に動いてしまいます。そのうちに取り返しのつかない事になりかねません。

痛みは危険信号でもあるのです。

痛みを諦めている人たち

街を歩けばどこでも見かける、足を引きずっている方、杖を使って痛そうな足をかばいながら歩いている方、道路しか見えてないだろうと思われるくらい、腰が酷《ひど》く曲がっている方、若くても背中が曲がっている、俗にいう猫背の方など。なぜそのままにしているのでしょうか？

痛ければその痛みを取りたいと思いますよね？　背中が曲がればそれを治したいと思いますよね？

この方々も治してほしくて、一度は病院や整骨院、整体院へ通われたでしょう。しかし、レントゲンを撮ってもＭＲＩで調べてみても、状況は少し把握できますが、痛みの真の原因はわからない上、痛みも取れない。痛み止めを処方されるだけです。

猫背や亀背《きはい》は治療法も無く、治りません。骨折やヒビならば原因もわかり、その手当をすれば改善するでしょうが、後遺症が残ったりします。

「何回通っても痛みは取れないし変わらない。お金や時間がかかっていくだけ……」

そう諦めて、通うのをやめてしまった方々。そんな方々がたくさんいらっしゃいます。

「仙骨改善法ルキアス」で行っている事

①　頭蓋骨の調整＆蝶形骨の解放
②　エーテル体と肉体のバランスを回復させる

③肉体の波動を調和させる
④頭と首のバランス最適化
⑤小後頭直筋の筋膜を緩める
⑥頭蓋骨＋第一頸椎の関節の解放&頭の載り方の改善
⑦骨盤・股関節を安定：左右腸骨・仙骨・尾骨＋恥骨を緩ませる
⑧まだ統合できていない原始反射のバランス統合する
⑨鼻腔&舌骨&眼窩の解放
⑩間質リンパの循環機能に必要な筋肉その他を緩め「間質リンパの循環機能」を全て正しくする
⑪主要な14経絡を繋ぎ、経絡の詰まりを溶かして排出し、経絡、神経、腱、腱鞘、靭帯、筋膜、骨格、細胞、体液の機能の正常化
⑫ライトボディの過不足を調整する
⑬呼吸法の改善
⑭下顎、舌骨、肩甲骨を正しい位置に修正する
⑮仙骨の固定を解除する

⑯　頭蓋骨の組み合わせを正しくし、頭蓋骨と下顎を正しく組み合わせ、脊柱に正しく繋げる

⑰　全身の筋膜や、骨格と関節の捻れを取る

⑱　脊柱の結合を正しく、全身を正常に機能させる

⑲　取り外してもいい時期が来たアーマーを除去する

⑳　潜在意識を浄化し、光を注ぐ

㉑　密息

（間質リンパとは血管からしみでた血漿《けっしょう》成分の事で、細胞と細胞の間をサラサラと流れる粘度の低い体液です。間質液とか組織液と呼ばれる事もあります）

（アーマーとは、エーテル体の鎧。過去世においてサイキック戦争に参加した魂が付けています。時期が来たら自然に取れるようになっていますが、中には取れないで肉体的にも負担がかかるものがあります）

（密息とは、日本古来の呼吸法。一般的な胸式呼吸や腹式呼吸とは異なり、胸筋や腹筋ではなく、腹部の深層筋〈インナー・マッスル〉を使って横隔膜を上下させるため、胸や

お腹が大きく膨らまないのが特徴。「最初の設定」でプログラミングされているため、自動的に密息が行われます）

前記の事を毎回全て行っております。ルキアスエネルギーを注ぐ事で、これだけの内容が20分程度で行えるのです。電気や道具はまったく使っておりません。

ただし、エネルギーはその後5～7日間流れ続け改善を行っていきます。

その後、自動運動を3段階で行います。

① 切れている経絡を繋ぎ、不調箇所を修復し、必要な筋肉をつける自動運動
② 取り外してもいい時期が来たアーマーを除去する自動運動
③ まだ統合できていない原始反射のバランス統合する自動運動

原始反射とは進化の過程で人類が生き残るために、持ってうまれた反射。大体2歳くらいまでには統合し消えますが、発達障害、自閉症の方は大きく残っています。全て統合されている人は少ないと思われます。

自動運動

「仙骨改善法ルキアス」受光2回目に自動運動を行います。

ブレインジムによって、身体と脳の密接な繋がりを学びました（2009年9月インストラクターの資格取得）。ブレインジムは身体を動かすことで脳を改善しますが、ルキアスでは逆に脳に修復の指令を出すことで、身体が修正運動を始めます。これを、自動運動と名付けました。

仙骨改善法を受けたTさんは、受光後にまだ少し右肩が下がった状態でした。右脚の股関節の角度がずれていたためです。

そこで自動運動を受けてもらうと、始めは戸惑っていましたが、自然に身体が動き始め、約20分で終了。身体のバランスを確認すると、両肩の位置が揃っただけではなく、背筋が伸びて胸が開いた事で、バストアップしていました。これは自動運動により、股関節の角度が改善されたという証です。

続いて、右脚のかかとに痛みがある小学6年生のNくん。2年前の器械体操の事故からだそうです。左脚が長いタイプで肩は左が下がっています。X脚。少し太り気味。左脚が長いタイプは消化器系にトラブルが多く出ます。

それらを修正した後、自動運動のエネルギーを流しました。小学生なのでどうかな？と思いましたが、エネルギーを流すと同時に身体が前後に揺れ始め、約10分間自動運動が続き、終わった時には行う前より、肩の高さや脚のバランスが整っていました。

そして、右かかとの痛みは消えていました。左脚が長いために重心が右脚に偏っていた事が原因の一つだと思います。

遠隔

仙骨改善法は、遠隔でも可能です（すでに行っております）が、遠隔という特殊性から、ルキアスヒーラーもしくはルキアスヒーラーからのご紹介、または当センターへ1回は仙骨改善法を受けに来られた方のみとなっております。

邪気は冷たい

仙骨改善法を受けると、骨の中に潜んでいた邪気（マイナスエネルギー）が抜けていきます。邪気はドライアイスのように冷たいので、それが出る時にはドライアイスが気化するような状態になり、特に下半身からかなり冷たいエネルギーが出ていきます。その時はクライアントさん自身にもわかる事が多いです。

そして冷たい邪気が身体から抜けるので、身体が温かくなっていきます。邪気が憑いている方は冷え性の方が多いのですが、抜けると冷え性は改善されます。邪気が抜けてくると明るくなり、人間関係も変わったと言われる方が多くいらっしゃいます。

姿勢で見た目年齢が決まる

人の印象は、目鼻立ちや体型よりも、思った以上に姿勢の良し悪しが影響します。私たちは、前を歩いている方を無意識に老人だとか若者だとか判別しているものですが、その方が振り返ると案外若かったり、逆にお年の方だったたりする事があります。後ろ姿が老けて見えるのは、背中を丸めて歩いているからです。よほど気をつけて歩かないと、身体の歪みがそのまま出てしまいますから怖いですね。

姿勢は生き方を現す

自分に自信の無い方は胸が張れていません。真っすぐ前方を見ているというよりも、道路に目を向けて歩いているものです。そうやって歩いていると背中は曲がり両肩が内側に入り、必然的に呼吸が浅くなっていきます。呼吸が浅くて活動的な方はいないと思います。

顔や体型が人によって異なるのは、その方の個性がそこに現れるからです。人生がうまく行かないと落ち込んでいる方は、やはりそのような姿勢になってしまいます。

生活習慣で骨に歪みを起こす

なぜ、身体は歪むのでしょうか。骨のような硬いものがずれるのですから、よほどの理由があると思われがちですが、その最大要因は生活習慣です。脚を組む、横座りをする、重心を片足にかけて立つなど無意識についてしまった日頃の癖によって必要以上の負荷がかかり、骨格バランスは崩れていきます。

人間の身体には自然治癒力が備わっているので、ずれた骨は元へ戻ろうとするはずなのですが、長期間にわたって身体の重心がぶれた（姿勢の悪い）状態を続けていると、ずれは元に戻る事なく固定されてしまいます。さらに毎日、骨に負荷を与え続ける事で、歪みの度合いはますます進行していくのです。

受光後の筋肉痛

受光後しばらくは、体内を流れるルキアスエネルギーが、正常な骨格を保持するための筋肉を作り上げ、全身を調整していきます。

仙骨に歪みがあると、筋肉の付き方も左右不均等になります。仙骨改善法でバランスを取ると、筋肉が動き、筋肉痛が起こる事があります。これはすぐに取れますので心配ありません。

一般的な身体の痛みの治療法

腰痛や股関節痛、ひざ痛などで病院へ行くと、まずレントゲン写真を撮り、骨に異常が無いか？骨と骨の隙間は適正に空いているか？骨に棘ができていないか？などを調べます。特に異常が見当たらないけれど、という場合には痛み止めや湿布などを出して様子を見ましょうという事になります。

中には筋肉をつけるリハビリをやってくれる所もあります。それでもなかなか痛みが取れないとなると、場合によっては手術を勧められます。手術は怖いから嫌だと思う方は、治すのを諦めて通うのをやめてしまうでしょう。

仙骨改善法で身体が改善されるのは

機械をプログラミングして思うような作品を仕上げるように、華永が独自の方法でクライアントさんの脳に設定（プログラミング）のスイッチを入れると、脳が身体の各所へ指令を送り必要な箇所が動き、身体を変えていきます。身体に触れる事なく設定した通り肉体は改善されます。

身体の動きは脳に影響を与える

ある時期、ブレインジム（教育キネシオロジー）やリズミックムーブメントにて原始反射のバランス統合を学んだ事から、身体と脳は繋がっていて、身体がある動きをすると、脳のある部分に影響を与え、脳の働きが改善されるという事を知りました。そして脳と肉体が、ラインのように繋がり密接なのだという事を理解しました。

例えば脳に「頸椎、脊柱、腰椎、尾骨を正しく繋げる」と指示すると、そのように繋がります。そこからさらに研究と検証を続け、設定（プログラミング）や自動運動も誕生し「仙骨改善法ルキアス」が完成したのです。

仙骨改善法は魔法？

仙骨改善法ではクライアントさんの身体には触れませんが、骨や筋肉が動く事で、軽い痛みや筋肉痛程度の痛みが起きる方がたまにいらっしゃいます。

極度の亀背のため、仰向けになると真上ではなく、後ろが見えていた方は、数十分横になっているだけで、目線が天井を向けるようになりました。両脚の間に手の指4本の隙間があったO脚の方も、施術後には指2本にまで改善されました。

体験したクライアントさんの多くは「寝ているだけで骨格が正しく整列するなんて、まるで魔法にかかったみたい！」と口を揃えます。

亀背の状態

仙骨改善法は骨格を維持する筋肉も作られる

ルキアスエネルギーが瞬時にクライアントさんの体内を流れて、仙骨を正しい位置に戻すと同時に、骨格全体の修正が行われ、それに付随する筋肉の拘縮《こうしゅく》が取れて、歪みや捻れも正されます。また、骨格を維持するための筋肉が作られます。

痛みはその場で消える事も多いですが、数回かかる事もあります。しかし、初日でも姿勢が改善され顔が整います。目が大きくなり、若い頃の顔に少しずつ戻っていきます。

しかも、当日が変化のピークではなく、日が経つにつれて改善は続き、5～7日間、エネルギーが流れ続け身体が変化します。

仙骨改善法による変化

・全身の骨格と筋肉を正しい位置に修正
・頭蓋骨22のパーツを正しい位置に修正

・身体の痛みの軽減
・骨折後の不調の改善
・全身の体液（リンパ液、血液、脳脊髄液《のうせきずいえき》）の循環を改善
・顔や頭の歪みが正される
・生理痛、生理不順が改善
・猫背が改善
・脚の長さが揃う
・あらゆる痛みが消える、緩和される
・歯のかみ合わせの改善

セッション前に行う事

・カルテ記入。痛みなどをクライアントさんからお聞きして、その箇所をチェック
・身体の歪みなどを目視でチェック

・初回（施術前）はボディコンシェルジュ〈姿勢測定器〉とカメラで、クライアントさんの身体の正面、左右側面と後面撮影、顔の正面と両側面撮影
・クライアントさんと画像確認
・水を飲んでいただき、右脳と左脳を統合するエクササイズを行う（約2分間）

仙骨改善法の流れ

① 170度倒れる椅子に横たわる
② 施術者はクライアントさんに向かって、設定（プログラミング）の数字を唱える。
初回25分間、2回目から15分間
③ 起きていただき、自動運動（2回目以降）
④ 自動運動修了後、身体のチェックを行う

経絡の重要性を知る

ある日突然、左脚の膝から下が冷たくて氷みたいだと訴える、Yさんが来られました。直観的に（経絡が切れているのかも……）と思いましたので、ダウジングで調べると「小腸《しょうちょう》・膀胱系《ぼうこうけい》」と「三焦《さんしょう》・胆系《たんけい》」という経絡にトラブルがあるとわかりました。

それで「経絡を繋いで経絡の詰まりをクリアリングし、活性化する」というエネルギーを流してみました。Yさんの当時の日記をご紹介します。

＊　＊　＊

エネルギーを流されるとすぐ、右胸の一点がチクリと痛くなりました。そばの空気清浄機が音を立てて作動し始めました。胸全体と脚全体が寒くなり、邪気が大量に出始めました。

関節や目の奥、目頭の目のふち、耳の周辺、頭、背中や尾てい骨や肛門などが一瞬痛くなりました。そのうち眠ってしまいました。

セッションが終わってからも、目のあたりや右足首などが動いていたようです。私は、視界が少しスッキリした感じがしました。それから、血液が流れていないのかと思うくらいの左足の冷たさが和らいだ感じです。

セッションを受けた翌日、とにかく足がまったく冷たくないです！　右足と左足、甲あたりから指先の温度が別人のように違っています。左足は、家族が触っても「冷たいね」というくらいだったのに。昨日、切れていた経絡をルキアスのエネルギーで繋いだからでしょうか、朝起きた時の冷たさがまったくなくなっていました。

死んでいた左足が、生き返ったような感じです。肌の色も気持ち悪いくらい黒っぽかったのですが、今朝は正常な肌色に戻ってきました。経絡が繋がっていないと、こんなふうに不具合が起こるのかという事を体験しました。西洋医学では無視されている経絡ですが、人間にとっては大変重要なエネルギーの道なのだと気づきました。

＊　＊　＊

細胞は光を発し光を吸収する

２０１７年に入ってから「バイオフォトン・セラピー」というエネルギー療法がある事を知り、とても興味を持ちました。花粉症などアレルギー体質の改善にも効果があるとの事。

前述のように、バイオとは生命、フォトンとは光を意味します。バイオフォトンとは読んで字のごとく、「全ての細胞が光を発している」状態を指すのです。

これは、あるロシアの物理学者が立てた仮説でしたが、１９７０年代にはドイツの物理学者により科学的に証明され、細胞は光を発するだけでなく、光を吸収している事もわかりました。

経絡は細胞から発せられる光を運んでいる

細胞から発せられる光を運んでいるのが「経絡」。東洋医学では、人体に張り巡らされた「気」の通り道として知られます。

人体を流れる気はいくつものルートに分かれますが、中でも重要なのは任脈《にんみゃく》と督脈《とくみゃく》。いずれも独自のツボがライン上にあり、身体の前面には任脈（会陰《えいん》→下腹部→胸部→口）が、背面に督脈（肛門→背中→首→頭部→額→鼻）が通っています。任脈は「陰の海」、督脈は「陽の海」と呼ばれ、この2つの経絡が活性化されていれば、心身ともに陰陽のバランスが取れた健康な状態と言えるのです。

細胞は携帯電話のバッテリーと同じ

携帯電話を使い始めて数年経つと、充電してもすぐに切れるという経験をされた方は多いと思います。細胞も同様で、光を吸収しても細胞が老化すると、吸収する量が減ってきます。同時に光を発する量も減る事になります。

その細胞を新しくする方法が、ルキアスエネルギーにあります。

経絡が切れる

これほど大事な経絡が、時に切れたり詰まったりする事があります。その原因の一つが、手術。経絡については、「目に見えない気の流れ」と考える人がいれば、「筋膜の中の繊維の一部」と考える人もいます。

ルキアスヒーラーの中にも現役の医師がいらっしゃいますが、その方に経絡の事を訊ねたところ、手術でメスを入れる際に「経絡を切った」経験があるとの事でした。経絡を切らねばその手術ができなかったのと、西洋医学では経絡という発想がそもそも無いとの事でした。通常は経絡の存在さえわからないと思いますが、この方はルキアスヒーラーでしたので、わかったのでしょう。

女性に多いのが、出産時の会陰切開。会陰とは任脈の起点のツボであり、ここを切断する事で、後々の不調の原因となる事が考えられます。

また、腎経《じんけい》の経絡が切れている事が、外反母趾の発症に何らかの関わりがあるのではないかと、経絡を研究し始めて考えるようになりました。

経絡が切れると、そこで気の流れが遮断され、全身を巡る気のボリュームが減り、心身にさまざまな不具合が生じます。

切れてしまった経絡を繋ぐ

ルキアスエネルギーを使って「切れた経絡」を繋げられる事がわかり、最初は「経絡を繋ぐセッション」を始めました。結果が良かったので、「仙骨改善法」の設定にも入れました。「経絡を繋ぐ」自動運動を受けてもらったクライアントさんから、「帰りに駅まで歩いてみて驚きました！ こんなに脚がスムーズに動いたのは初めてです。ありがとうございました」との喜びの声をいただきました。

続いてもうお一方、「経絡を繋ぐ」のセッションを受けたFさんの体験談をご紹介します。

＊　＊　＊

★Fさん（40代、女性）

セッションを受ける前日から、頭痛が起こりだしました。2年に一度あるかないかぐらいの強い痛みだったので、ブルーになっていました。酷い時には頭痛が治まるまで2、3日かかります。

エネルギー的に変化する時期に頭痛はよく来ていたので、新しいエネルギーを受け入れる時、抵抗のある箇所が痛むのではないかと思います。

経絡は、手術や外傷などで切れる事もあるし、ストレスが溜まりすぎて心に負荷がかかると、まるで携帯電話のバッテリーが切れるように、うまく流れない箇所ができると言います。

受光中は、股関節や肩、顔にもエネルギーが流れていくのが感じられ、頭の横、こめかみや耳の横、耳の奥とジンジン動いていたので、経絡の切れていたところが繋がり、他の通りも良くなったと思います。

意外だったのは、左の足首にエネルギーがたくさん流れた事でした。右の足首のほうが捻挫しやすいので右にくるかと思いましたが、なぜか左の足首に……。

後で思い出しましたが、幼少期、左の足首を骨折しそうになった事がありました。それが原因だったのでしょう。昔から左の足首の方が柔軟性がなく硬かったのです。

セッションのお陰で、今では足首も足の指もずいぶん柔らかく動くようになりました。また、お腹の右側、背中の右側にもエネルギーの流れが悪かった箇所がありました。腎経という経絡に問題があったのだと思います。肝経《かんけい》と、胆経《たんけい》にも。

バイオフォトン（細胞の光）の吸収がスムーズになり、身体も少しずつ変わると思うと嬉しいです。頭痛はすぐに治まりました。今後も、寝込むような頭痛はなくなるのではないかと期待しています。

＊　＊　＊

仙骨改善法で解消されるさまざまな症状

◇O脚

脚に関する事で多いご相談が、O脚。たとえ細い脚でも、太ももから足首にかけて空間ができてしまうようなO脚ラインでは、決して美脚とは言えません。

若い頃は見た目だけの問題ですが、年齢を重ねると脚の筋肉や関節がしだいに痛み出し、腰痛も併発して、最悪の場合は歩行できなくなる事もあります。

仙骨改善法では、ルキアスエネルギーによって仙骨を正しい位置に戻し、さらに自動運動を行う事でその日のうちに変化が見られます。

O脚は、ふくらはぎが外側に張り出していますが、自動運動の後はふくらはぎが後ろの正常な位置に移動し、脚と脚の空間が狭まってラインが真っすぐになり、ほっそりとした見た目になります。

複雑なO脚の場合は、少し回数を要しますが、改善は可能です。O脚が原因である仙骨や骨格の歪みも腰痛とともに改善されます。脚だけではなく全身の骨格が正されるので、肩凝りや腰痛も改善され、その後は健康で痛みの無い生活を送る事ができます。

◇猫背

猫背とは、読んで字のごとく猫のように背中が丸まり、そのぶん腰が反り返った姿勢の事。本来ならS字状のカーブを描くはずの背骨が変形し、より大きく曲がったり（円背《えんぱい》）、真っすぐになったり（平背《へいはい》）するからです。

原因のほとんどが、生活習慣で癖づけられた不良姿勢です。多くの現代人は、椅子に座ってパソコンに向かうデスクワークをしていますが、同じ姿勢を1日中、続ける事で猫背になる確率は高くなります。

また、猫背の人は実年齢よりも5歳は老けて見えるのが特徴。側弯《そくわん》（背骨が曲がっている）・O脚・腰痛・背中痛・ミゾオチが伸びない（胸やけ、胃痛がある場合が多い）・首や身体が捻れている……などの症状も併せ持っています。

次のような姿勢に心当たりがあれば、あなたは猫背かもしれません。

・気づくと、顎を前に突き出している
・首や肩が凝っている
・肩が前方に出ているので、胸を張る事が難しい
・いつも呼吸が浅い
・お尻に厚みが無い（もしくは垂れている）
・立った時に膝が曲がっている
・痩せているのに、お腹が出ている

◇顎関節症

骨格が歪んでいる人の多くは、顎関節症を患っています。

首から上の歪みは首から下の身体の歪みに比例しますので、身体が歪んでいる方は必然的に頭蓋骨、そして顎関節も歪んでいます。

身体の歪みを正せば頭蓋骨の歪みが整い、顎関節も正しい位置へ戻ります。

通われてすぐに矯正中の歯列が整った方もいらっしゃいます。まだ半年かかるだろうと

言われていた前歯の中心が、自動運動で整ったのです。翌日の検診で治療が終了したと言われたと、喜びのご報告がありました。

受光後は、例外なくフェイスラインがスッキリとシャープになり、ほうれい線が薄くなり、見た目がかなり若返ります。顔の歪みも正され、左右対称になるので美人度・イケメン度が確段にアップします。

◇腰痛や膝痛

日本人の約8割が、少なくとも一生に一度は悩まされるという腰痛。同じように、加齢にしたがって膝の痛みを訴える方も増えてきます。

原因の多くは、加齢や生活習慣に伴う背骨や関節軟骨の変化ですが、中には精神的な要因や内臓疾患に由来するものもあります。いまや国民病とも言える腰痛と膝痛は、病院に行ってもほとんどの場合、完治に至る事はありません。

カイロプラクティックや整体などの手技療法に通う患者さんもいますが、骨や筋肉への過剰な圧迫によって症状を悪化させるケースも少なくありません。

仙骨改善法は、クライアントさんの身体には一切触れないため、もみ返しや副作用などの危険性はまったくありません。

週に数回、整体に通い続けている方々が、「なかなか改善しない」と訴えて「仙骨改善法」を受けられますが、受光後は「さっきまでの痛みがウソのように消えた！」と喜ばれます。骨が出っ張ったように盛り上がっていた膝部分の炎症が、受光直後にあっけなく消え、痛みが取れたという方もいらっしゃいます。

◇頭蓋骨の歪み

頭蓋骨は8個の頭骨、14個の顔の骨など、全部で22個の骨から成り立っています。それらの骨（パーツ）がパズルのように組み合わさって頭蓋骨が作られているのです。

頭蓋骨が歪むという事象は、世間一般にはあまり知られていませんが、手技療法の世界では常識となっています。

仙骨改善法で頭蓋骨の歪みが解消されると、男女ともに気にされている絶壁と言われる後頭部の変形が改善されます。同時におでこの形がきれいに変わる方も多くおられます。

顔では、耳の高さ、頬骨、口角、目の位置などが左右対称になり、顎と口の歪みも正されて、印象が大分若返ります。男前・女前が上がる事は言うに及びません。

◇骨折後の不調

骨折の場合、ギプスを外した後でリハビリが始まりますが、いつまでも痛みが取れないと言う方も多くいらっしゃいます。

原因はさまざまでしょうが、仙骨改善法では全身のバランスも加味した改善となりますので、初回で痛みが消えた方もいらっしゃいます。その方はリハビリの後、ずっと痛みが続くと言われていましたが、自動運動が終わった時には、折れた方の腕にバッグをかけられるくらい、痛みが無くなっていたようです。

◇脊柱側弯症《せきちゅうそくわんしょう》

これは医学的処置が極めて難しい原因不明の症状です。整形外科を受診すれば、背骨の角度が25度を超えたらコルセットを、40度以上になれば背骨を金属で固定する手術を勧められます。

要するに、器具を用いて進行を防ぐ事で、せいぜい現状を維持するくらいしか対処法がありません。現代の医療では、脊柱側弯症の弯曲を正常にする事は不可能だと断定しています。

結論から言いますと、華永が行っている「仙骨改善法」により、脊柱側弯症は驚くほど改善されます。ルキアスエネルギーは、側弯症に潜んでいるカルマ的な邪気も排除していくために、画期的な改善が見られます。

仙骨改善法では、ルキアスエネルギーを全身に流す事で筋肉や骨格の歪みを正し、拘縮《こうしゅく》している筋肉を解きほぐします。その日のうちに外見が変化するだけでなく、痛みも軽減されます。

＊　＊　＊

★Oさん

1回目終了直後の感想

寝ているだけなのに、頭痛、肩凝り、身体の歪み、顎関節の具合、顔が明らかに変わっていました。

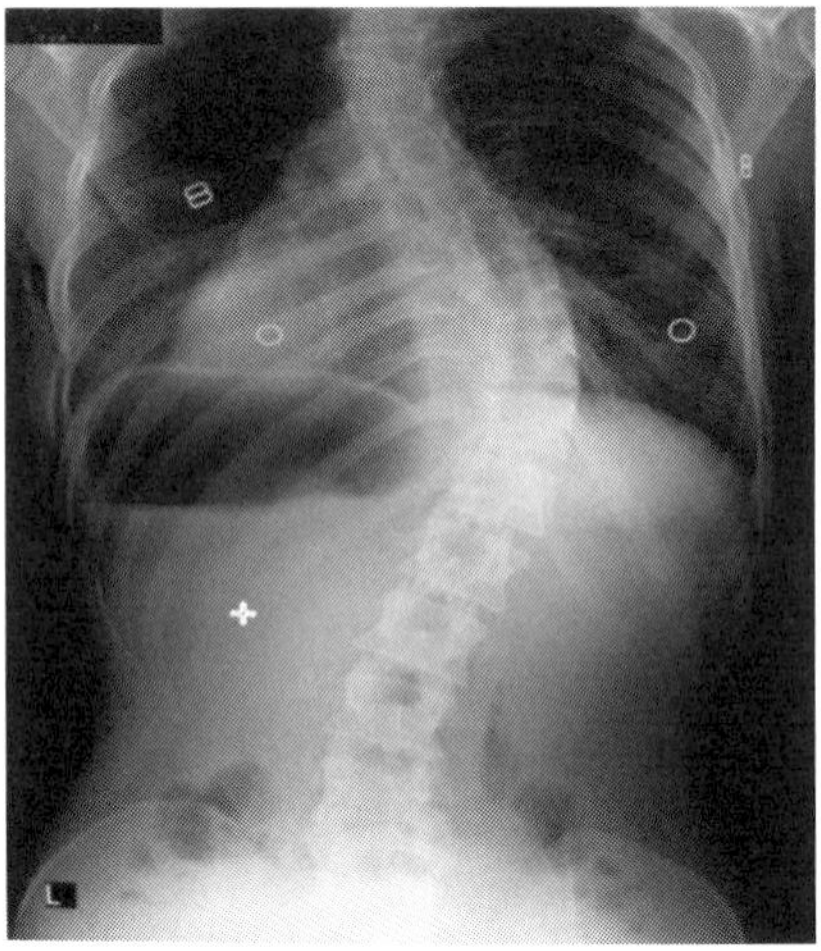
Oさん レントゲン写真（背骨の傾き52度 2011年撮影）

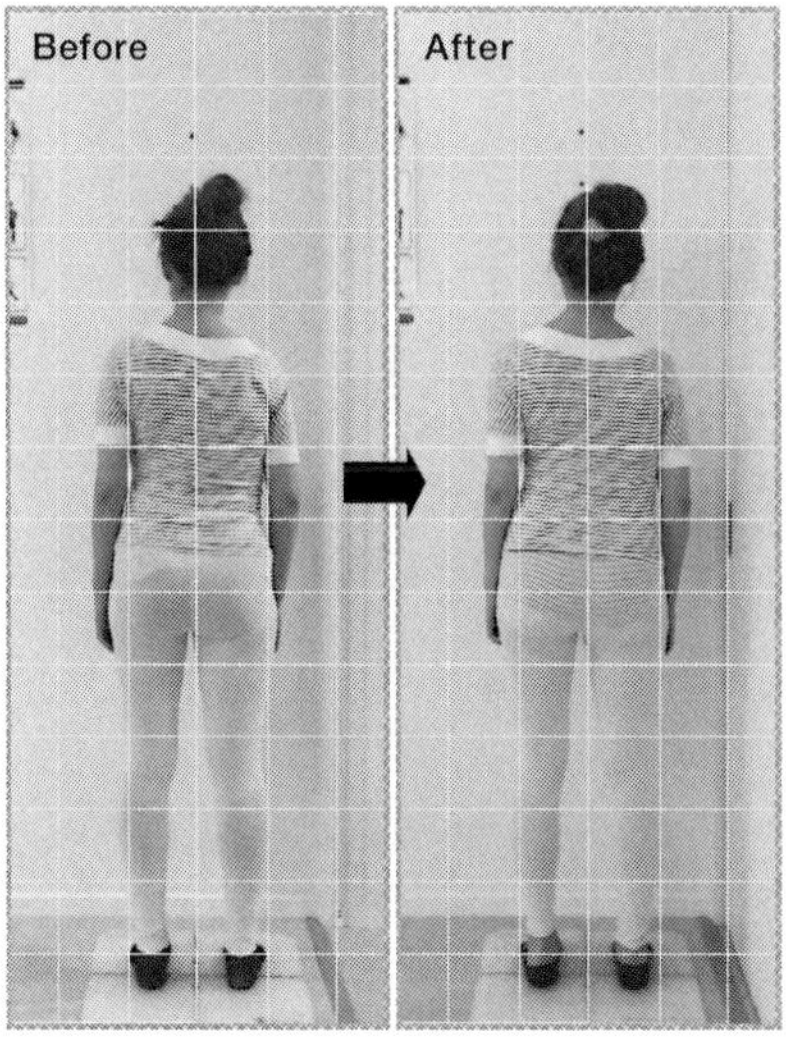

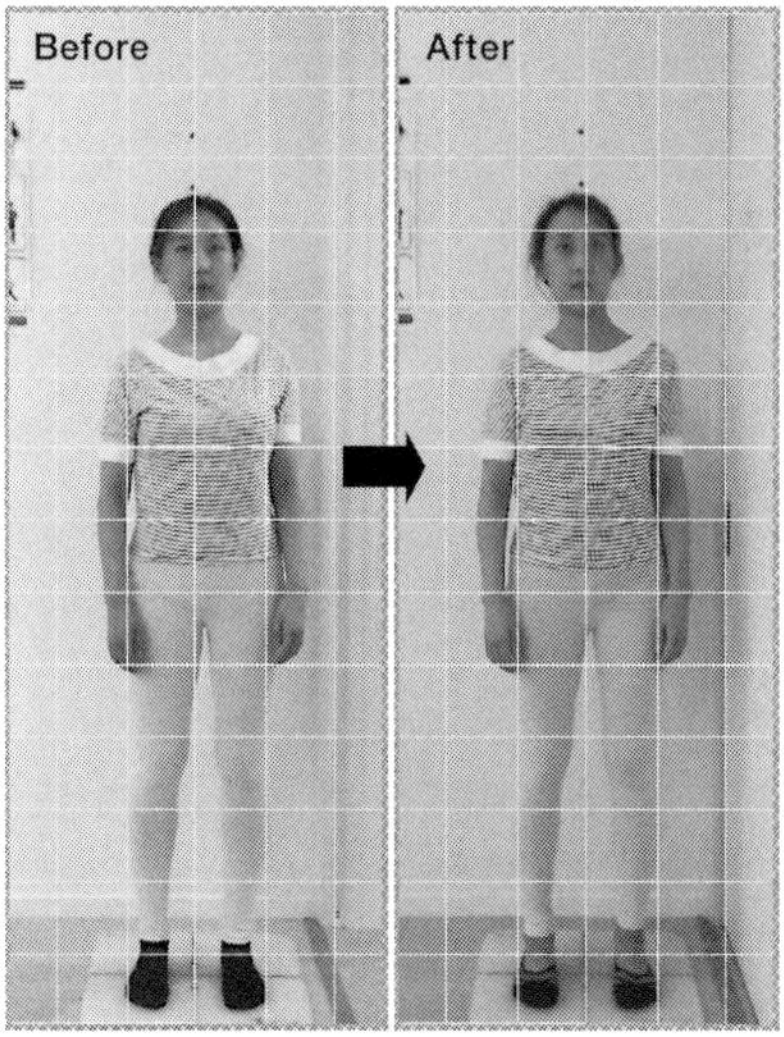

O さん 受光前後比較

側弯症を治したくて、ありとあらゆる所へ行きましたが、こんなに実感して、見るからに変化してしまったのは初めてです。

治る！って思いました。なんかすごく明るい気持ちになれました。

スタッフの方もとても優しくて、ずっと来たいなって思いました。

これからもよろしくお願いします。

8回目終了後の感想

今日はとても首の左側が痛かったのですが、自動運動で首を後ろに引っ張られるような動きがあり、その後写真を撮ると、首の歪みが減っていました！

今日は、後ろ向きの写真に大きな変化が見られたので嬉しかったです。

アーマーを外してもらう時、少し気分が悪くなりました。

でも悪いものが出ているのかと思うと、頑張れます！　身体全体がいつも以上に楽になった気がしました！

左顎のアーマーを取ってもらったら、奥歯の当たり具合や全体が軽くなり、驚きました。

8回目までの感想

・1回受けただけで、長時間座っていられなかったのが安定して座っていられるようになった。
・口を開ける時カクカクいっていたが、いわなくなった。
・右の背中の出ている所（肋骨）と左腰が痛かったのが、長時間立ったり、歩いていても痛くなくなった。
・筋肉がついて太りにくくなった（運動はしていないのに）。
・浮腫みにくくなった。
・ブラジャーが浮いていたのが（骨が出っ張って）、浮かなくなった。
・背もたれに寄りかからなくても、姿勢よく長時間座っていられる。
・歩く時、軽く感じる。
・慢性肩凝りが今はほとんど感じない。
・目が疲れやすかったけれど、今は無くなった。
・一人目を出産後、以前と顔が変わったけれど、仙骨改善法を受けたらまた変化した（結婚した頃の顔）。

・お腹周りが安定してきた（今まではあちこちに重心が移動していたので）。
・朝起きると（ベッドで寝ている）腰や背中が痛かったけれど、痛みを感じなくなった。

＊　＊　＊

◇ストレートネック

自然な状態の頸椎《けいつい》は軽度に（30～40度）前傾していますが、慢性的な凝りや痛みがある人は、そのゆるいカーブが真っすぐな状態（傾きが30度以下）になっています。

例えば、パソコンやスマートフォンの操作で長時間にわたって前かがみ姿勢になっている事が、ストレートネックの原因の一つです。不良姿勢により頸椎に負担がかかると、凝りや痛みの他にも偏頭痛、めまい、眼精疲労、二重顎、自律神経失調症などさまざまな症状が現れてきます。

ストレートネックは自覚症状が無いため、放っておくとどんどん進行していきます。仙骨改善法では、背骨や仙骨、骨盤など全身の歪みが修正されるため、同時に頸椎もゆるいカーブを取り戻し、血流が良くなる事で筋肉の緊張もほぐれ、全身の不調が改善されていきます。

◇指の歪み

手や指に違和感がある人は、意外に多いものです。見た目として、指が捻れていたり、指の太さが違ったり、シワがたくさんあったり……。これらは全て指の骨が捻れている（あるいは指の筋膜が捻れている）からに他なりません。

指の歪みや捻れは、全身の骨格や筋膜に影響を与えます。何かを掴んだり、作業をする際に私たちは指を動かしますが、その度に指の歪みや捻れが波紋のように全身へ伝わり、バランスを取ろうとして骨格が歪むのです。

ルキアスエネルギーによる仙骨改善法は、指の歪みへのアプローチであっても、全身の修正を行います。手や身体に触れる事はありません。いつも見慣れた手や指ですから、改善した結果が一目瞭然となるでしょう。

◇椎間板ヘルニア

腰痛を引き起こす代表的な病気の一つ。椎間板の表面を覆《おお》う線維輪《せんいりん》に亀裂が生じ、そこから圧迫された椎間板の中身（髄核《ずいかく》）が飛び出した状態を指します。その髄核が神経を刺激して痛みが出るのです。手術を受けても治らないケースが多く、安静療法・薬物療法・理学療法（コルセット装着など）の保存的療法がメインです。

椎間板ヘルニアの痛みは背骨のずれで生じる事もあるため、ルキアスエネルギーが全身を巡る事で筋肉がついて骨格が正されれば、痛みは緩和されていきます。

◇手の浮腫《むく》み

手の浮腫みを訴える方が時々いらっしゃいます。そういう方には「正常免疫に戻す」エネルギーを全身に流します。すると、その場で手の浮腫みが消えていきます。

こういう方には、腎臓の検査を受けるようにお勧めしています。自分で自分を攻撃する免疫異常になっている可能性があるからです。腎臓が弱っている場合が少なくありません。

子供の頃から顔色が悪い理由は、体内の毒素をうまく排出できていない事が一因と考えられます。

仙骨改善法の資格者について

高波動のルキアスエネルギーの光華（伝授）を受けると、自分や他者を癒すヒーリング力だけでなく、心・身体・魂の浄化、浄霊《じょうれい》やプロテクションを備える事になります。

さらに学びを深くし、アセンションレベル1に到達した方が希望されたら、仙骨改善法の伝授を受ける事ができます。もちろん資質ややる気を判断し、その資格があるのかどうかを決めさせていただいております。

この伝授を受けると、骨格や筋肉、仙骨の調整などを、身体に一切触れる事無く行えるようになります。

ルキアスは、世界でも比類ないパワーのエネルギーですが、ルキアスヒーラーになるための修行のような事は一切ありません。一番重要なのは、魂の学びを続けるという強い意志です。

仙骨改善法の伝授を受け施術者となるには、次のような条件があります。

・全ての出来事が自分に教えていると理解して生活する姿勢がある
・アセンションレベル1に到達している
・痛みで苦しんでいる方々を痛みから解放するという強い意志がある
・ルキアスエネルギーを広く世の中に伝えていくという意志がある

伝授を受けると、その後、最低18日間、ルキアスセンターにて実践練習を積んでいただきます。仙骨改善法の施術者として独立するには、スタッフの廣華さんの能力の70%に届く事が必要です（ダウジングで調べます）。

18日間が終了し、仙骨改善法の施術能力が廣華さんの70%に達したら、その後、20名のモニターセッションを行って記録を取ります。

誰の力も借りず一人で全ての行程を行い、完了するという経験がヒーラーの力となります。

仙骨改善法でこんなに変わった！ 体験者の喜びの声

★坐骨神経痛のような激しい痛みが消えたSさんのケース

半年以上、右腰から右足にかけての痛みやしびれに悩まされてきたSさん（50代、女性）。突然のように、坐骨神経痛のようなその痛みが襲ってきて、ピーク時には歩く事もできなくなります。足を引きずりながら、転ばないようにゆっくり移動するしかなかったそうです。

「遠隔による仙骨改善法を受光しました。就寝中だったので、エネルギーが流れるような感覚はわかりませんでしたが、翌朝、腰が『定まっている』事を体感でき、びっくりしました。腰が定まったせいか腰痛が改善し、さらに右足のしびれもなくなっていました。

これまでは地元の腕のいい整体師さんの施術を継続して受けていたけれど、その場では良くなってもすぐに元に戻り、ここまで良くなる事はありませんでした。受光して5日経ちましたが、同じ姿勢を長時間続けていてしびれが出ても、すぐに治り、普通に歩く事ができます。パソコン作業ではパソコン用のメガネをしていましたが、眼精疲労がなくなったので、メガネなしでの作業も楽にこなせています」

★関節が緩んで全身の骨格や筋肉が変化したCさんのケース

仙骨改善法では、両手足のくるぶし、尾骨、頭部の骨の一部である蝶形骨《ちょうけいこつ》の位置を正しくする新たなセッションを受けたCさん（40代女性）。

「翌朝歩いた時に、腰の反り方が違うなと思いました。前はどうしても、歩くと前傾が強くなり、意識して上体を起こして歩いていたんです。でも、仙骨改善法で仙骨が緩んだせいか腰が動きやすくなりました。

あとは肩の付き方、足裏のクッション、腹筋に触った感じ、股関節の開き具合、座った時の椅子に接するお尻の感じなども変わりました。

手や首の関節が緩んで柔らかくなり、少し細くなったような気もします。爪先立ちになったり、片足で立ってもグラつきません。左足の小指が横に倒れていたのですが、今朝見ると小指はちゃんと起き上がっていました。

いずれもまだ改善中なのでしょう。ときどき筋肉痛を感じますが、さらに状態が良くなる事を期待しています」

★虚弱体質や睡眠障害が改善されたKさんのケース

首が身体の中心からずれているKさん（21歳・女性）。腰痛持ちで、特に身体の右側が痛むとの事。子供の頃から虚弱体質で、いつも目の下にクマがあり、足取りが重い印象です。睡眠障害があり、日中はボーッとしてしまうそうです。

仙骨改善法を受光した直後、

「血の巡りが良くなって、身体がポカポカする。地に足が付いている感じがして、立っていても疲れない。それまでは身体が鉛のように重かったが、受光後は軽くなって痛みも改善された。霧が晴れたように視界が明るくなった」

とKさん。それから1週間が経ち、ルキアスエネルギーが体内を流れ続けているので、新たな変化を次々と感じているそうです。

「食べ物を噛みやすくなった。歩いていても、腰が捻じれる感覚や足の痛みがなくなった。疲れにくくなり、ボーッとする事がなくなった。熟睡できるようになり、寝返りも多く打っています。肩が正常な位置に戻り、胸が広がったせいか深い呼吸ができるようになり、気持ち的にも日々落ち着いた安心感があります」

★猫背より酷い亀背が劇的に変化したUさんのケース

お姉さんに、姿勢が悪いからと無理やり連れて来られた大学生のUさん（19歳、男性）。お姉さんは身体の捻れが原因で、何も考えられないくらい身体に痛みを抱えていました。その痛みが「仙骨改善法」で取れたので、以前から猫背を気にしていた弟を連れて来たそうです。

彼の場合は猫背よりも重症な亀背（脊柱《せきちゅう》の一部が突き出て、後方へ弯曲している姿勢）。受光前と受光直後の変化は、まるで別人のようです。下がっていた右肩が本来の位置に戻り、両肩が揃いました。仙骨も正しい位置になったので、内臓がおさまってお腹がへこみ、ヒップアップし、飛び出ていた丸い背中もスッキリしました。

「猫背が酷かったので、意識して姿勢を正していましたが、あまり効果はありませんでした。姉が絶対良くなるからと言ったので、半信半疑ながら渋々ついてきました。短時間でこんなに良くなるとは予想外の結果でした」と喜ばれていました。

2週間後のアフターフォローでは、さらに改善が進みました。それまでは、丸い背中が向かって左から、受光前・受光直後・アフターフォロー後（2週間後）。身体の捻じれが取れ、雰囲気がまるで変わりました。

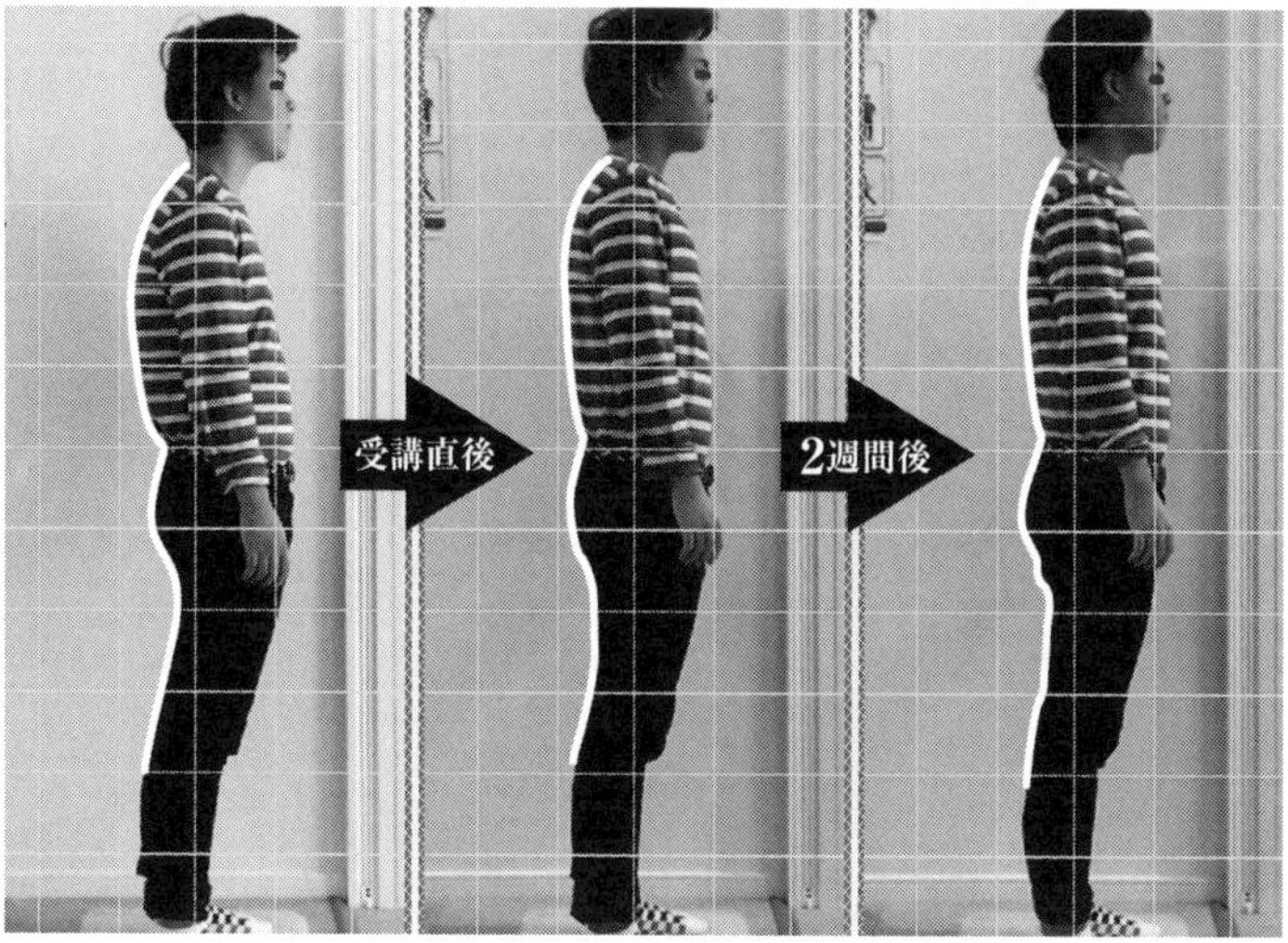

画像1

受光前

画像2

右側面から拝見したら、悩んでいられた猫背は消えてます。お腹もへこみました。背中が伸びたので、その分身長も伸びているようです。

画像3

猫背だったので背中が膨らんでいましたが、スッキリしています。ウエストがくびれてきました。

邪魔をして椅子に深く座る事ができなかったそうですが、それもできるようになったそうです。

★遠隔による受光で見た目が若返ったEさんのケース

遠隔による仙骨改善法を週1回ペースで何度か受けたEさん（40代女性）。体質が敏感になると、Eさんのようにルキアスエネルギーを体感できるようになります。

「定刻になり、布団に入って横になると、遠隔によるエネルギーが体内に入ってくるのがわかります。邪気が出ていくのでしょう、冷気が身体から抜けていきます。

布団をかけているのに、自分の身体が氷のように冷たく、寒くてブルブル震える事もよくあります。

けれども受光の翌朝には身体が柔らかく、足首の可動域も良くなっています。頭蓋骨や鼻骨が動いた事もわかり、鏡を見ると、左右均等に顔のパーツが整って、何歳か若返ったような表情をしています。鼻が高く、細くなってスッキリした印象になった事が嬉しかったです」

★きめ細かなツヤ肌を手に入れ、ポジティブ思考になったWさんのケース

姿勢が悪く身体のあちこちに痛みがあったWさん（30代、女性）。仙骨改善法を受け始めると、身体全体がドスンと重くなり、右ひじに軽い痛みを感じたそうです。そのまま眠ってしまい、気づくと受光は終わっていました。その後、身体中の痛みは明らかに軽減されたようです。

「今も引き続き、体内をルキアスエネルギーが流れている事を感じています。肌のツヤが良くなり、きめも細かくなって、ヒップラインもかなり上がりました。仙骨改善法を受ける前は、不安に駆られていましたが、今では心穏やかで、『何があっても、なんとかなるさ』と気楽に考えられるようになりました。これを『グラウンディングがしっかりできた状態』と言うのかもしれません」

★靭帯や関節包の拘縮をほぐし、バネ指の痛みを解消したYさんのケース

バネ指（※指を曲げて伸ばそうとしても、スムーズに伸びず、バネのようになる症状）

の症状があるYさん（55歳・女性）。以前に仙骨改善法（自動運動を含む）を受けましたが、まだ親指の痛みが残っているとの事。

関節の周りの靭帯や腱、関節包の拘縮をほぐすエネルギーを送ると、すぐさま痛みが治まりました。その後、腱鞘《けんしょう》の拘縮《こうしゅく》をほぐすエネルギーも送りました。

一般的に、関節の痛みを取るには「硬くなった筋肉をほぐす」事が不可欠だと思われていますが、さらに正確に言えば、「関節を構成する靭帯、腱、関節包などを含む筋肉」をほぐす事で痛みが解消すると認識されています。

Yさんはワイヤージュエリーの制作をしていますので、金属を曲げる時に、指や手にかなり負担がかかっていたのだと思います。それにより靭帯や関節包が緊張によって縮んで硬くなり、神経に影響して痛みが出るという仕組みです。したがって、靭帯や関節包を緩ませる運動やストレッチが有効なわけですが、運動やストレッチの場合は毎日積み重ねる努力が必要になります。

仙骨改善法では、ルキアスエネルギーを流すだけで、より短時間に無理なく痛みが消えていきます。

★サッカーで痛めた右脚がすぐさま改善した中学生Tくんのケース

お母様に付き添われて、10歳の頃から定期的に仙骨改善法を受けに来られている中学生のTくん（14歳、男性）。彼はサッカー少年で、練習や試合によるケガが絶えません。今回も右股関節に痛みがあるとの事。立った姿を見ると、痛めた右をかばっているのか、左脚に重心をかけています。

今回は特別に、「症状を起こしている原因を明らかにし、恒常性維持機能《こうじょうせいいじきのう》を再構築」と唱えた上でエネルギーを送りました。人体には「恒常性維持機能」が備わっていて、その機能を回復させれば、あらゆる不調の改善に役立ちます。

すると、私の右胸に矢か玉が貫いたような痛みが走りました。続いて、背中から右股関節にかけて痛みがあります。受光中のTくんを見ていたスタッフの一人が、「たびがらす」（定住せずに旅から旅へと渡り歩く人の事）の姿をしている、と言います。しかし、それは仮の姿で、変装して密書を運ぶ役目があったのだと。それが見つかって、役目をまっとうせず若くして殺されてしまったという過去世がスタッフには見えたのです。

現世のTくんは、その時の人生を引きずって、「大事な試合の直前にケガをして、本来の力が発揮できない」という出来事が重なっていました。過去世のストーリーを受け入れれば、その後の人生は大きく展開していくでしょう。

受光後、Tくんの姿勢は整い、両脚の重心も均等にかかっています。付き添っていたお母様も、背筋がピシッと伸びたその変化に驚いていました。

このように、痛みが魂や潜在意識からの大事なメッセージを伝える役割をになう事もあります。

★長く外に向いていた右脚が改善されたAさんのケース

Aさん（50代、女性）の変化は脚でした。

「両脚の長さが揃っている人は少ないと思いますが、私の場合は右脚が若干長く、脚を投げ出すと右脚が外を向きます。これは以前ヨガ教室で骨盤修正というレッスンを受けた時に、骨盤の歪みからきていると教えてもらいました。1時間くらい歪みを取る体操をすると両脚の長さが揃いますが、1週間後には元に戻りました。

仙骨改善法を受けた後、レッスンを受けた直後のように脚の長さが揃いました。脚を投げ出しても右脚が外を向きません。これは骨盤の歪みが矯正されたという事を意味するように思われます。2日後の今日も変わりません。一度の受光で改善されるなら、毎週通っていたあの時間は何だったのかと思いました。X脚の改善もありました。

自分のエネルギーフィールドを感じてみると、今まで大きく右に傾いていたものが左にも伸び、全体のバランスが取れてきたように感じます。それに伴って自分の中の女性性にも変化があった気がします。自分がお花畑にいるような気分です。もしくはハートに1輪のバラが咲いていて、そのバラを愛おしく感じているというかそんな感じです。体型にも変化はありそうです。朝、着替えの際鏡を見た時、あれ？腰に若干のくびれができたような……と思いました。

いろいろな事にも気づきやすくなるようです。一緒に受けた友人たちからメールをもらいましたが、彼女たちにもいろいろな気づがあったという報告でした。

以前、あるエネルギーワークを受けていた時に、いつも『仙骨を立てて』と指導者に言われていました。そうする事によってエネルギーの通りが良くなるからとの事でした。この時からエネルギーワークに仙骨って大事なんだなとは思っていましたが、仙骨だけでこれの変化があるとは驚きです。

受けた直後は右半身にジンジン来ましたが、今は左のほうにも来ています。まだ改善の途中なのだろうと思いますので、これからが楽しみです」

第五章　テラヘルツ入りオルゴナイト

テラヘルツ鉱石（シリコン）とは

半導体などを製造する時に使われるシリコンの事で、人工鉱石です。何度も再結晶を繰り返していき、より純度の高いものが半導体として使用されるそうです。

テラヘルツ波とは、１秒間に１兆回繰り返される周波数・振動数を表す単位です。遠赤外線から電波の間の領域に位置します。木やプラスチックなど、さまざまな物質を通過する事ができます。

テラヘルツの上に置いた氷があっという間に溶けていく現象は、テラヘルツ鉱石の熱伝導率が非常に高いために起こるそうです。

現代医療では治療できないとされる「前立腺導管《ぜんりつせんどうかん》がん」を患い闘病していた発明家のドクター・中松氏が、テラヘルツを使用した、がん攻撃ロボット「がんがんロボット」を発明し、自身のがんを克服したと発表しました。従来のがん治療では副作用のある放射線が使われますが、「がんがんロボット」では副作用の心配はまったくないと言います。

中松氏によれば、ロボットが完成したのは２０１６年12月24日の事。それは医師から死亡予定日とされていた大みそかの１週間前でしたが、中松氏の身体を蝕《むしば》んでいたがんは、みるみる逃げていったそうです。

オルゴナイトについて

この仕組みは科学的に証明されたわけではありませんが、第二次世界大戦前後(1930~1940年代)に心理学者であるヴィルヘルム・ライヒ博士によってオルゴンエネルギー(自然界に偏在《へんざい》する生命エネルギーの源)が発見され、あらゆる病気の治療に有効であると期待されました。

そして、場のエネルギーを調整する装置として開発されたのが、オルゴナイトなのです。

例えば、スマートフォンなどから発生する有害電磁波は、常に私たちの身体を攻撃している状態ですが、オルゴナイトをそばに置いて通話すると、そのネガティブなエネルギーを吸収し、ポジティブなオルゴンエネルギーに変えて放出するという働きをします。オルゴンエネルギーは内部のコイルを伝って四方に放射され、空間に満ちるのです。

そこにあるだけでパワースポットのような癒しの場を創出するオルゴナイトですが、金属片（鉄）と天然石（パワーストーン）を樹脂（レンジ）で固めて作られているシンプルな構造。オルゴナイトに入っているこの一般的な3つの素材は、とても相性の良い組み合わせなのです。

これらの素材を活かしつつ、ルキアスエネルギーのバージョンに改良した「テラヘルツ入りオルゴナイト」があります。

癒しの波動を持つテラヘルツ波

NASAなどの研究で、テラヘルツ波は生命の成長にとって必要な「育成光線」である事が明らかになり、米国ではすでに医療への応用も進んでいます。

人工鉱石である理由ですが、テラヘルツを放射する鉱石は不純物を多く含んでいるためです。半導体などを製造する際に使われるシリコンも、再結晶を繰り返して純度のより高いものが選ばれるそうです。

私が手作りしているオルゴナイトにも、非常に純度の高い鉱石が使われています。不純物を取り除いて人工的に固める事で、ポジティブなオルゴンエネルギーの放射濃度を高くする事に成功しました。

大天使ミカエルとテラヘルツ鉱石

なぜ、テラヘルツ鉱石をオルゴナイトに使うのか？ それは、２０１６年２月に訪れたマルタ島で受け取ったエネルギーが原因です。マルタ島に行く前から青い光が降りてきていて、それが大天使ミカエルだとチャネラーさんからも言われていました。ミカエルが私のマルタ島来訪を待っていると。

マルタ島はイタリアのすぐそばにありますが、独立国です。要塞《ようさい》だらけでしたが、海に囲まれた素敵な国でした。海の色も大天使ミカエルを象徴するブルーのようでした。長い年月、マルタ十字軍が島民を海賊から守り続けたのです。教会も多くあり、そのいくつかを訪問しました。

そこから帰国して間もなく、それは起きました。ミゾオチの激痛です。それまでにミゾオチが痛む事は経験が無く、その痛みに慄《おのの》きました。痛み方にも特徴がありました。まるで家具のような固い角張ったものが、ミゾオチにぎゅうぎゅう詰めに入っているのです。それが内側の皮膚を傷つけているような痛み。こんな痛み、今まで経験した事がありませんでしたので、慄きながらも不思議でした。

廣華さんにミスティックヒーリングやルキアス・クォンタムヒーリングをしてもらいましたら、痛みが消えるのですが、その家具（?）がすぐにまた増えるのです。

その時、目についたテラヘルツブレスレットを腕につけると、角が溶けていきました（これは私の感覚ですが）。痛みが徐々に消えていくのです。それからはテラヘルツブレスレットが手放せなくなりました。

テラヘルツの効果を知った私は、テラヘルツブレスレットと、テラヘルツ入りオルゴナイトを必然的に作る事になりました。私に痛みを与えて、「作れ！」と言われたのですから。

そしてこれはチャネリング情報ですが、テラヘルツ鉱石は大天使ミカエルが人間に作るように仕向けたそうです。地球の次元を上げるのに必要だとか。

ただし、現在出まわっているテラヘルツは全て覚醒していないそうです。覚醒したテラヘルツはその働きをしますが、華永なら覚醒できるとか。

覚醒されていないテラヘルツが覚醒されたテラヘルツに近づくと、覚醒が転写されるようです。

私が作っているオルゴナイトやブレスレットは、全て覚醒させたテラヘルツを使っております。他で購入されたテラヘルツの製品をお持ちの方は、ぜひ華永手作りの物に近づけてみてください。そうして世界中のテラヘルツが覚醒していけば、地球の次元を上げる助けになります。

この時代、大天使もアセンションを応援してくれているのです。

ハムサエネルギー・スイッタエネルギーを充填

手作りのオルゴナイトは、この世に同じものが一つとしてありません。唯一無二のオリジナル・オルゴナイトです。

この「テラヘルツ入りオルゴナイト」には、ハムサエネルギーが充填されています。ハムサとは、マルタ語の5を現す数字です（マルタ語とは、ヨーロッパ圏で唯一のアフロ・

アジア語族―セム語派の言語）。この5つとは、ルキアスエネルギー・マルタ島のマルタ騎士団で働いていた大天使ミカエルのホスピタルエネルギー・オルゴンエネルギー・テラヘルツエネルギー・マリア・ローズ（マグダラのマリアの呼び名）といった各種エネルギーを指し、「テラヘルツ入りオルゴナイト」から放射されるのは、これらを統合したエネルギーになります。

ハムサエネルギーをオルゴナイトに入れると、見た目にも美しく変わります。手に持つと身体から邪気が抜けていくので、急に寒さを感じる事があります。身体のあちこちに痛みが出ますが、徐々に治まるのでご安心ください。他にも、周囲10～20㎞範囲の電磁波の除去、ハートの解放、身体の不調箇所が改善していきます。

通常は、ハムサエネルギーを等倍のボリュームで入れていますが、ご希望によっては2倍で入れる事も可能です。

また、スイッタエネルギーを入れたオルゴナイトも作っています。スイッタエネルギーとは、ハムサエネルギーに創造主のエネルギーが入ったもの。敏感な方なら、これを手に取るとエネルギーの違いがすぐにわかるでしょう。

ハムサエネルギーの効果を有し、さらに瞬時に場の邪気を消滅させます。

スイッタエネルギーを入れるには、大きいタイプのオルゴナイトを用意しなければなりません。

なぜならハムサエネルギーの約10倍にあたるスイッタエネルギーは、片手に乗る小さなオルゴナイトでは、受け入れ切れず、外に溢れ出てしまいます。せっかくの強力なエネルギーですから、もったいないですよね。

スイッタエネルギーを入れたオルゴナイトは強力ですので、掌に置く時は数分のみにしておいた方がよいと思います。身体から邪気が一斉に抜け始めるので、その部分が寒くなります。部屋に置いていても邪気は抜けていきます。

テラヘルツ入りオルゴナイトの働き

オルゴナイトを、左掌に乗せてみましょう。掌が振動する感覚がありますか？　温かくなる感覚がありますか？　それとも足元がスースーして寒くなりましたか？

オルゴナイトを左掌に乗せると、そこから身体にオルゴナイトのエネルギーが入っていき、邪気を抜いていきます。身体から邪気が抜け切ると、全身が温かくなっていきます。冬は特に感じやすいです。

続いて、華永手作り「テラヘルツ入りオルゴナイト」をお持ちの方からの感想をご紹介します。

＊　＊　＊

★Dさん（40代、女性）

私の「テラヘルツ入りオルゴナイト」に母のブレスレットを重ねて置いておくと、石の色がどんどん濃くなっていきました。そこで、今度は、友人のオルゴナイトを私の「テラヘルツ入りオルゴナイト」の近くに置いてみたところ、友人の（地味で輝きの無い）オルゴナイトが、みるみる透明感が生まれ輝き出しました。まるで別ものになった自分のオルゴナイトを目の前にして、友人は大喜びでした。

テニスが趣味の私たちは、いつも何かしら身体の痛みを抱えています。友人が試合の後で全身、筋肉痛になり、オルゴナイトでさすったところ、翌日には筋肉痛が取れていたそうです。私たちの年齢では、一晩で筋肉痛が取れる事などあり得ません。オルゴナイトの効果としか考えられず、本当に驚きました。

今度は、「肩が痛い」と友人が言うので、その部分に「テラヘルツ入りオルゴナイト」を当てたところ、アイシングされたようにヒンヤリとし、痛みが軽減したそうです。

私も試してみたくなり、入浴の際に湯船にオルゴナイトを入れてみました。すると、すぐに眠くなったので慌てて湯船から出て、その夜は早めに就寝。翌朝にはスッキリと目覚め、身体が軽くなっていました。オルゴナイトのエネルギー水に浸かった事で、溜まった疲れがドッと出たのでしょう。

後から友人に確認すると、オルゴナイトを身体に当てたその夜は、いつになく爆睡できたとの事。テニスで身体を痛めたり、疲れたりしても、「テラヘルツ入りオルゴナイト」を使えばすぐに回復できる事を知ったので、ますますテニスを思いっきり楽しめるようになりました。

★Nさん（50代、女性）

私は介護福祉士として訪問介護の仕事をしています。訪問先では入浴介助も行いますが、ある女性のご利用者さまは認知症で歩行が難しく、湯船に入ってもらうのが本当に大変でした。いつも力技でこなしていますが、不安は尽きません。

そこで、「テラヘルツ入りオルゴナイト」をペンダントとして身に着け、訪問介護にうかがう事にしました。入浴介助の際、その女性の守護霊さまにお願いをしたところ、ウソのように（女性の）立ったりしゃがんだりがスムーズになり、浴槽の出入も難無くこなしていただきました。何十回も介助している方なので、まるで奇跡のような変化です。

オルゴナイトは、持ち主の思いを具現化する力があると聞きましたが、まったくその通りだと感じています。場の浄化が瞬時に起きるため、思いが届きやすくなるのでしょう。ヒーリング効果もあるので、お互いの心が落ち着いた事で普段以上の力が発揮できたのではないかと考えています。これからも肌身離さず持ち歩こうと思います。

★Hさん（40代、女性）

友人の家を訪ねると、「歯茎が腫れて食欲がない」と落ち込んでいます。歯科医の診断では、「虫歯でも歯周病でもなく、歯石が原因」との事。治療をしたものの痛みは治まらず、友人は食べたいものも食べられずに困っていました。

そこで、「テラヘルツ入りオルゴナイト」を水に浸してエネルギー水を作り、それを飲んでもらったところ、すぐに「あれ、痛みが消えた」と言うじゃないですか！

痛みが取れたとたん、友人は「お腹が減った」と言うので、2人で回転寿司屋に行きました。お店に入ってすぐ、私が「痛みはどう？」と訊ねると、「まったく大丈夫！」と元気な様子。友人にすごく感謝され、お寿司をごちそうしてもらいました。

その翌日、ある方のエネルギーワークを受けたところ、「エネルギーがすごいね、ビリビリする」と仰天されました。私自身はエネルギーの事などよくわからず、特に感じる事はありませんが、よほどの変化があったのだと思います。わかる人にはわかるのですね。

変化と言えば、血栓がある事で就寝中に脚がつりやすかったのですが、枕元にオルゴナイトを置いて寝ると、朝まで脚がつる事も無くなりました。ぐっすりと眠れるので、長かった睡眠時間も短くなりました。おかげさまで、毎日が良い事ずくめです。

★Fさん(50代、女性)

これまで「テラヘルツ入りオルゴナイト」をバッグに入れて持ち歩いていましたが、もっと身近に接していたいと思い、ペンダントとして身に着けるようになりました。

それから2日後、全身にパワーがみなぎり、自分の事を「歩くパワースポットだ」と思うようになりました。

インスピレーションをキャッチしやすくなった事で、シンクロニシティも頻繁に起こります。やはりオルゴナイトをペンダントとして身に着ける事は、放射されるエネルギーと自分自身を一体化できる良い方法だと思いました。

安心、安定、平和、愛そのもの。全てを照らす純粋な光であり、アセンションへと導いてくれる強い意志を感じます。お風呂の時以外、首にかけて過ごしています。

夜勤の子供が疲れて帰宅した際、「これを手に持っていなさい」とオルゴナイトを渡すと、言われた通りにして横になっていました。その日は、疲れの取れ具合がぜんぜん違ったそうです。

★Hさん（50代、女性）

待ちに待った「テラヘルツ入りオルゴナイト」を入手できました！

封を開けてすぐに「クリアな意識の強いエネルギー」を感じました。手に持ってみると、以前のオルゴナイトよりも5倍くらいエネルギーが強いように感じました。

自分の身体から邪気が抜けるので、手に持つと寒くなる……と聞いていましたが、私の場合は逆に、身体とハートが温かくなりました。相性が良かったのでしょう。

その日は一日、ポケットに入れて過ごしました。他人からの邪気をはじき飛ばず力は、以前のオルゴナイトよりも10倍強いように感じました。体感で10倍なので、実際には100倍以上もパワーアップしたのかもしれません。

私は、いろんな種類のオルゴナイトを持っていますが、華永さんが作られた「テラヘルツ入りオルゴナイト」は、特に邪気の解消に大きな力を発揮していると思います。

それは圧倒的なパワーです！　しかも、解消までの時間が短い！

お風呂では、オルゴナイトを湯船には入れず、近くに置くだけでエネルギー水のお風呂になります。

簡単にエネルギー水ができるので、エリキシル（クリスタル水）を作るのにはもってこいです。

空間の浄化力もパワフルです。家の中が、神社の神域のようなエネルギーで満たされるのです。部屋に置いてあるパワーストーンが活性化した事で、相乗効果が出ているのかもしれません。

オルゴナイトには精霊が宿っているようですね。パワーストーンの働きを強めるエネルギーを感じます。

★Kさん（50代、女性）

オルゴナイトですが、それを受け取る2、3日前から左側の首から肩にかけて、酷い凝りに悩まされておりました。元々姿勢の悪さや眼の悪さからくる万年肩凝りですが、届いた時には肩は鉄板でも入っているみたいにガチガチ、首は動かすとズキッとした激痛が走る、とことん状態でした。

なので、少しでも楽になればと左の掌にオルゴナイトを載せてみました。乗せたとたんに左側首筋に激痛が。やはりここが弱っているのだな〜と思いつつ、そのままにしていたら次に首筋から肩にかけて何とも表現しがたい、初めて味わう不思議な感覚を体験しました。

何かがその部分にベッタリへばりついている……そういう違和感です。

最初の方は、首から肩全体にへばりついている感覚で、しばらくすると肩だけの感覚となり、そして消えていきました。あれはいったい何だったのでしょう。邪気のようなものを感じたのでしょうか、それとも……。

今、その事を思い出しながらこれを書いていると、不思議な事にその時と似た感覚が左側に起きています。もちろん当時のものより軽いのですが、左側首から肩にかけての違和感、左側脇から腰にかけてのメンソレータムでも塗ったかのようなスーッとする感じ、何なのでしょうね。

で、そのベッタリついてたものが消えた後、左手を上げると、左肩の動きがスムーズになっていました。酷い肩凝りが完全に無くなったわけではないのですが、手が耳のところまで上がっていました。

左側を下にして寝違えてから、左肩は内側に巻いている状態で腕を上げづらかったので、これには驚いてしまいました。

左の腕は、いつも肩より少し上くらいまでしか上がりませんでしたので、試しに前屈をしてみると確かに身体が柔らかくなっていました。オルゴナイトを乗せてほんの少ししか経っていないのに、すごい効果です。

おまけに、巻き込んでいた左肩が、少し真っすぐになっているのです。今では左右変わりないくらいです。

肩凝りも少しずつ良くなり、その後、再度鉄板みたいな肩凝りになって、オルゴナイトを載せてみても何かへばりついているという違和感はありませんでした。なのになぜ、今それを書くと再体験してしまうのか……。

それからオルゴナイトの重さが変わりますね。初日は頭の近くに置いて寝たのですが、何だか気がたかぶって寝つきが悪かったので、翌日は足元に置いて寝ました。

朝になって棚にかたそうと持ち上げたら、「あれっこんなに軽かった？」と、元々軽い物ですが、まるで重さが無くなったような、羽のようにものすご〜く軽いのです。また別の日に持つと、「あれっ何だか重くなった？」と感じたり。ずっと気のせいかと思っていましたが、最近はマットの下に入れて寝ると、翌日ハッキリわかるくらい重くなっていたのです。

軽い時と重い時があるのですが、邪気を吸うと重くなるのでしょうか？

以上、オルゴナイトの感想になりますが、とても不思議で面白いですね。これを書いている今、それは隣の部屋に置いているのですが、まるで追体験させられているかのような左肩の違和感、今は左肩全体がスースーしていますが、何か邪気のようなものを抜いてくれているのでしょうか。

邪気で思い出しましたが、時々ネットの書き込みみたいなものからすごい邪気を感じる事があります。それに気づかず、うっかりページを開いてしまうと瞬時に「頭、重っ」となり、お風呂に入るまで重苦しさに悩まされていましたが、オルゴナイトが来てからは、これを握りしめていると楽になり、助かっています。その時のいろいろな要らないものを吸い取るのか、その後何だかハッピーな気分になるという嬉しい効果がありますね。

オルゴナイトもすごいのですが、プレゼントでいただいた水晶の亀にも驚いているのです。始めはオルゴナイトよりもこの亀にびっくりしていました。これ、いったい何でしょう？

届いた日、亀を握りしめて寝たのですが、途中亀から出ているエネルギーにびっくりして、思わず放り投げ、朝になって「亀ちゃん。亀ちゃん、どこ？」と探し回る……。そんな事を連日繰り返していました。そのくらい、亀から発するパワーがすごすぎるのです。

今は多少落ち着いてきましたが、昼間は小袋に入れポケットの中に、夜は今でも手の中に入れて眠っています。肌身離さずという感じでしょうか、そのくらい亀を気に入っているのです。「私に必要なエネルギー」とだけ書いてありましたが、何が入っていたのでしょう？

これほどすごいエネルギーは初めてです。これだけでもオルゴナイトを入手して良かったと思います。長くなりましたが、こんな感じでしょうか。また新たな発見がありましたらお知らせいたします。亀ちゃんをプレゼントしていただき、感謝しております。大事にしますね！

有り難うございました。

第六章　ルキアス光華者の集いと奇跡の波動水

マスター制度の廃止

前著『ルキアスエネルギー　覚醒と光の救済』を出した当時には「マスター」という制度がありました。

その頃は、Aエネルギーのティーチャーと同様に、マスターになるためのお金を支払い、伝授を受けてマスターが誕生していました。

もちろん、資質などは充分に検討した上で、マスターの伝授を受けられたのです。

しかし、何度もマスター降格の出来事が起こる事から、ルキアスの許可を得て、マスター伝授にお金は不要になりました。そして遂には、マスターという制度自体も廃止しました。

現在は、学びの深さにより能力の出方が決まってくるようです。

左記の事は、以前のマスターの特徴でしたが、現在はレベル2を受けた時点でみなさんがこうなります。

①　筋肉痛が無くなる。どんなに激しい運動などをしても、筋肉痛が起こりません。

② 身体が丈夫になる。風邪もめったにひかなくなります。
③ 憑かれ（疲れ）なくなる。
④ 少しの睡眠時間で足りるようになる。
⑤ 邪気に強くなる。

左記に書かれているのはマスター制度がある頃の事です。そしてその結果、わかる事もありました。

エゴに基づいた使い方をすると、エネルギーは引き上げられる

「ルキアスの集い」での事。参加者の一人が身体の不調を訴えましたが、数人のマスターたちは、その状態を癒すだけのエネルギーを扱えていなかったのです。マスターになる前のヒーラー時代にも、持てる能力を充分に発揮していた方々なので、マスター光華を受けて能力が落ちる事は考えられません。

不思議に思い、私はダウジングを使って「この方たちはマスターですか？」と問うてみると、答えは「ノー」でした。

その後、ルキアスマスターとして「降格しても当然の行動をとっていた」という事実がわかり、エネルギーを引き上げられても仕方がなかったと気づかされたのです。

高波動なエネルギーを無限に供給してくれるルキアスは、じつに素晴らしい存在です。しかし、光華を受けたからといって、自らのエゴに基づいた使い方をすると、すぐにエネルギーが引き上げられてしまいます。

現在でも何らかの理由でルキアスの守りが外れるヒーラーがいますが、その原因に気づき、反省する事で瞬時に守りが戻るという事がわかっていますので、日々の生活で魂の学びがあります。マンツーマンで教えてもらえるのですから最高です。

ルキアスの守りが外れるとは

ルキアスのガイドが付く事で守られていたものが、その守りが外れると、通常の未浄化霊などの邪気はもちろんの事、自分以外の人たちに憑いている存在にも憑かれたり、エネルギーを吸われたりします。

ルキアスに守られて高波動の存在になり、低波動の存在たちからは見えない状態になっていたのに、光華を受ける前の状態に戻る事で、低波動の存在たちにも見えてしまうようになるからです。

自分でも「外れたのかも?」と自覚する事になります。急に憑かれる(疲れる)身体になるのでわかるようです。

波動も重くなるので、体重が倍になったように感じる事もあり、あちこちに不調が出てきます。

そのようなルキアスヒーラーから相談を受ける際、私は「いつから身体の変化に気づきましたか?」と訊ねます。そのタイミングの前に何かが起こっているはずだからです。原因に気づいて自らの非を認めて反省すれば、ルキアスは瞬時に戻ってきます。

真摯《しんし》な気持ちで物事を受け止める方は、魂の学びが深くなります。それとは逆に、いつまでも自分を甘やかして自分を見ようとしない方は、外れた事にも気づかない、鈍い人間になります。学びが浅いのです。

ルキアスにフォーカスして生活していくと、自然と学びが進み、生活も楽になり、心健やかになっていきます。

人間性が磨かれる

以前、口が悪くて生徒が集まらなかったテニスのコーチが、今では見違えるように人間性が上がり、生徒もたくさん来てくれるようになったそうです。

この方は光華を受けてから、守りが外れる度に反省し、同じ過ちを繰り返さないように意識するような生活に変えていったそうです。そうしていくうちにいつしか周りから尊敬される人間に成長し（この方の生徒談）、生徒が一杯になったそうです。

お忙しいので毎月の集いに参加できない事が多いですが、常にルキアスにフォーカスした生活を続けていますので、人間性はさらに上がっていっているようです。

ルキアスの守りが戻ってくると、体調はすみやかに回復し、魂の成長速度も早まります。

「失敗は成功のもと」という諺《ことわざ》通り、挫折した経験がルキアスヒーラーとしての能力開発を促し、さらなる活躍を果たすのだと思います。

ルキアス光華者の集い

毎月開催されている「ルキアス光華者の集い」には、ルキアスヒーラーたちが集まり、交流や情報交換を行います。

集いで行われている事は、次の通りです。

1．誕生月の方々の抽選プレゼント。
2．参加者への抽選プレゼント（参加人数の半数に当たります）。
3．右脳と左脳を統合するエクササイズ。

4．身体の気の流れを良くする呼吸法。

5．魂の制限を解くアファメーション。

6．無条件の愛のエネルギーを、日本列島へ、地球へ、太陽系、銀河系、大宇宙、多次元の大宇宙へ、アセンションコードへ、古い地球と新しい地球が融合された地球へ、森羅万象全ての存在へ、私たちに関わる全ての魂へ流す。

7．その日降りてきた特別なエネルギーを福島、九州などの災害地へ、日本列島へ、シリアなどの紛争地へ、地球へ、太陽系へ、銀河系へ、大宇宙へ、多次元の大宇宙へ流す。

8．15分間の瞑想とその後のシェア。

9．波動水を作る〈２０１７年8月20日現在、95種類〈リクエストで増え続けています〉〉。私が波動水の名前を言いながら手を上げると、みなさんが水を入れた小さな容器のふたを開け、エネルギーを入れていって、作られるというシステムです。

10．参加者全員に対して、ご希望されるブレスレット等に、「必要なエネルギー」と「その日の特別なエネルギー」を充填します。

途中、私の気づいた事などを話す時間もあります。

魂の制限を解くアファメーション

私は私を愛しています。
私は私を信じています。
私は私を許しています。
私は私を認めています。
私は私を受け入れています。
私は私を敬っています。
私は私を理解しています。
私にまだ残っている罪悪感を手放しています。
今ありのままの私を愛しています。
全ての出来事に感謝しています。
森羅万象全ての存在に感謝しています。
私が選択した全ての制限や契約や封印を解除しています。
私が選択した能力に関する全ての制限や契約や封印を解除しています。

声に出して魂に聴かせる事が大切です。あなた自身の声が、あなたの魂には一番届きますから。

声に出して読み上げた時、言葉がつまったり間違えたりしたものは、あなたができていない事です。

ルキアスエネルギーで作る波動水

「ルキアス光華者の集い」では、その日に宇宙から降りてきた特別なエネルギーを転写したエネルギー水と、リクエストで作る波動水を参加者にプレゼントしています。

前述のように、私が波動水の名前を唱え、参加者が水の入った小さな容器のふたを開けて上に掲げると、エネルギーがさっと入ります。ふたを閉めたら次の物を作りますが、その間は数秒です。

好きな大天使や神仏のエネルギーが転写された波動水としては、大天使ミカエル、ハニエル、ウリエル、ガブリエル、メタトロン、ラファエル、マスターサナト・クマラ、空海、観音菩薩、セント・ジャーメイン、イエス・キリスト、マーリンなどもリクエストに応じて作りました。

この他、ルルドの泉の水など、「奇跡の水」の波動を再現する事も可能です。転写は瞬時で済むので、元は同じだった水にさまざまなエネルギーを転写し、飲み比べて味の変化を確認する「利き水」を、たまに行っています。

光華の時にも利き水を行う事がありますが、まったく別の水のように味が変わるので、受光者には大変に驚かれます。


波動水は、水で希釈《きしゃく》してもエネルギーの効果は変わりません。持ち帰った波動水が少しでも残っていれば、ミネラルウォーターや浄水器を通した水をそれに足す事で増やし、ずっと維持する事ができます。

飲む事で波動が軽くなるだけでなく、肌にスプレーすると、高級な化粧水のように肌がしっとりと潤います。傷痕にスプレーすれば、肌が修復されて跡が薄くなるなど、波動水の用途はじつに多彩。

この波動水は劣化しないので、濁る、ドロドロするといった事はありません。常温で保存しても腐らないというのが、集いの参加者みなさんの共通認識ですが、容器に直接口を付けた場合は、そこから雑菌が侵入して腐る事もあるかもしれません。

波動水を保存する際には、容器から直接口飲みしない事を、いつもみなさんに伝えています。

続いて、集いの参加者からユニークな体験談が届いたので、ご紹介します。

＊　＊　＊

★ルキアスヒーラー・Sさん（50代、女性）

先日の集いでは、華永さんが作ったナノ水と波動水をプレゼントしていただきました。私はこの水の事を「超・若返りナノ水」と呼んでいます。

この水を飲んだ集い参加者の方々は、みなさん「ほうれい線が薄くなった」と喜んでいます。私も、飲むだけでなく化粧水として試してみたところ、確かに薄くなってきました。

波動水の事は何も伝えていないのに、同居する母から「ほっぺたのシワが無くなったね」

と言われ、本当に驚きました。自分よりも家族のほうが、いつも互いの顔を見ているだけあって変化によく気づくのですね。

そこで、「超・若返りナノ水」を母にも飲ませたところ、今度は「あの水を飲み始めてから、膝の痛みが消えた」と言うではありませんか！

母が抱えていた膝の痛みは、それこそ患部を針でチクチク刺すような耐えがたいものでしたが、特別な治療法も無く、湿布を貼ってやり過ごすしか手段がありませんでした。それなのに、波動水を飲んでから「湿布を貼っていない」と言うのです。

こうして「奇跡の水」の素晴らしい効果を母と一緒に体感しているところです。

＊　＊　＊

高次元のエネルギーで地球の波動を上げる役割

ルキアスヒーラーとして必要な事は、ルキアスエネルギーを心から信頼し、身を委ねる事。高次元からの無限の光を受け取ると同時に、その光で地球の浄化の手助けをする役割を持つ事になりますから、臆さず気になる場所の浄化を続ける事。それにより地球の波動が軽くなり、地球と共にアセンションする今回の目的に近づきます。

無限のエネルギーをさらに受け取れるように魂の学びを続け、自分の器を大きく成長させていきましょう。ルキアスエネルギーが授けてくれる恩恵を、他の人々や地球へ届けましょう。

たとえ何らかの理由で守りが外れても、結果的には気づを与えてくれ、試練を乗り越える助けとなってくれるでしょう。

世の中には、争いやストレスの種が多く存在しています。環境破壊にも歯止めがかかりません。このような時代だからこそ、創造主直下の宇宙神であるルキアスがもたらす「無条件の愛」と、高波動なエネルギーによる癒しが求められているのです。

ルキアスヒーラーはその事を深く理解し、一人でも多くの方々がこのエネルギーに触れ、アセンションへの道を迷わずに進めるように行動しなければなりません。

強力なパワーを誇るルキアスエネルギーは、心・身体・魂を同時に癒し、素早く結果を出し、あらゆる側面で具体的な効果を発揮します。

あなた自身が「光の柱」となってこの世を照らし、人類を変容させる癒しのエネルギーを地球の隅々まで届けてくれる事を信じています。

おわりに

華永は、今「仙骨」にフォーカスしています。

上半身の中央を通っている背骨は、その下に位置する骨盤によって支えられています。その骨盤の中心に位置するのが仙骨なのです。

仙骨は、回転するコマのように高速回転でバイブレーションを発しながら上半身を支えています。それと同時に、左右のバランスを安定させ、適度に体重を分散させる事で二足歩行を可能にしているのです。

身体の中心にある仙骨は、全身のバランスを取る司令塔でもあるので、身体の一箇所が転倒などでずれると、それに応じて仙骨を歪ませバランスを取ります。仙骨が歪んだまま固定されると身体は骨や筋肉をずらして重心を取ろうとします。その結果、骨の周りにある筋肉が歪み、さらに骨にも余計な負担がかかってきます。これによって、原因不明の痛みやしびれが引き起こされるのだと考えられています。

さらに仙骨は、サイキックな視点から見れば「魂が宿る場所」と言われるように神秘性を併せ持ち、肉体だけでなく精神への影響も大きいのです。

ある時、華永の仙骨の中に潜在意識の情報が入っているのを見つけました。この時は過去世の恐怖の情報がありました。過去世で、能力を全て出して酷い目に遭ったという経験をしていたのです。そのために能力が発動しようとすると、邪魔するシステムが、潜在意識の中にできていました。潜在意識は、華永を守ろうとしてそうしていたのです。その問題を解決した事で、今はさらなる進化が続いています。

凝りや痛みなど肉体の不調、イライラや不安など心の不調といった心身両面のトラブルを解決するカギは、仙骨にあります。

仙骨が歪んでいるかどうかを自分の目で確かめる事は難しいのですが、両脚を閉じて立った時ゆらゆらしてしまうのは、重心が取れておらず、身体が歪んでいるという事は簡単にわかります。

ルキアスエネルギーのセッションの中でも異質な「仙骨改善法」は、肉体改造のために誕生しました。道を歩くと歩行に難がある方を多く見かけます。身体を支えている骨や筋肉に異常がある事が、専門家でなくてもわかります。

アセンションコースとは別の、単独でも受けられるセッションの一つです。

「股関節が痛い」「頭痛がする」「疲れやすい」「肩が凝る」「腰が痛い」「手足がしびれる」「気が滅入る」といった、病院の検査では原因がわからない不定愁訴に悩んでいる方々が多く訪ねて来られます。

仙骨の歪みが身体のあらゆる不調に繋がっているため、このセッションを受ければ症状はたいてい短期間で改善します。それをきっかけにしてエネルギーの重要性に気づき、アセンションコースを受光して魂の成長を目指す方も少なくありません。

仙骨改善法を行うと、仙骨や骨格のずれが正されるのですが、それと同時に重く冷たいエネルギーがクライアントさんの身体の各所から抜けていきます。その正体は、身体の歪みの間に入ってしまった邪気です。邪気は身体の弱っている場所に入ってくるのです。

仙骨改善法で骨や筋肉などを正しい位置に修正する事で、歪みの中に入っていた邪気は身体の外へ出されます。

ルキアス・アセンション倶楽部で行われている数々のセッションでは、ただ寝ているだけで宇宙からのルキアスエネルギーを受け取り、完了します。カルマとは、ネガティブな感情を生み出す要因でもありますが、まだ解決できていない出来事を再現して、再挑戦させてくれるツールでもあります。学校のテストでできなかった箇所をレポートで出したり、再テストを受けたりする、あのシステムと似ていますよね。できてしまえばもう終了なのです。

カルマを怖がる事はありません。過去世で失敗した出来事を成功に導くための再挑戦のツールです。同じシチュエーションの出来事が起こり、逃げずに再チャレンジすれば完了です。完了すれば二度と起こりません。それを応援するのがルキアスでのセッションの数々です。

例えば、誰もが持っている本能の一つに恐怖心があります。太古の昔から生きとし生けるもの全て、命が危険にさらされるような状況や物事に対して恐怖心を覚えますが、この本能が働かなければ、命はいくつあっても足りません。

現代人はそんな状況こそ少ないけれど、自分が精神的・肉体的なダメージを受ける物事に対して恐怖心を抱きがちです。度が過ぎれば、臆病・引っ込み思案といった性格が災いして日常生活に支障が出る事もあるでしょう。

また、高所・閉所・対人・先端といった恐怖症（生まれつき怖がりなケース）も過去世に原因があると思われます。

「仙骨改善法」以外のセッションでは、横になってエネルギーを受けているクライアントさんの傍らで、その方が体験した過去世や多次元での出来事を、スタッフが超能力を使って視ています。それはたいてい人に裏切られたり傷つけられたりしたネガティブな物語なのですが、セッションを続けている間にどんどん話の筋が書き換わり、終了する頃には、ポジティブな物語に上書きされています（その内容をセッション終了後にお伝えしています）。その事は現実面にも必ず良い影響を与えるのです。

地球外の星で神的存在だった頃の出来事など、想像を超える壮大なドラマも当たり前のように浮かび上がってきます。それらの情報は、現世で起こる出来事に大きな影響を与えているのです。ずっと悩んでいた問題の根本原因が、過去世から引き継がれた「魂の傷」や「魂の癖」によるものだと気づく事で、あっけなく解決したという事例は枚挙に暇《いとま》がありません。

ルキアスエネルギーは、こうしたカルマに基づくネガティブな感情を整理し、「魂の傷」

や「魂の癖」を解消する力があるのです。

地球が次元上昇する際、私たちが肉体を持ったまま一緒にシフトアップしていくためには、恐怖心を克服し、抑えつけられた感情を解き放って魂を軽くする事が必須です。

自分自身がルキアスの「光の柱」となる事は、過去・現在・未来が同時に進行するパラレルアースにおいても大きな影響を及ぼします。ルキアスエネルギーの強力なパワーで、過去世の自分や多次元の自分を含めたオーバーソウルを一体化すると、それぞれが抱えていた問題が瞬時にして同時に解決し、覚醒への道が開かれるのです。

また現世においては、過去世や多次元で持っていた眠れる能力が開花し、素晴らしい才能を発揮するようになるでしょう。つまり、あなた本来の力を取り戻すのです。

ルキアスエネルギーには、時空間を超えて「陰」と「陽」、「闇」と「光」を統合へと向かわせる役目があります。どうか自分の中の闇を怖がらず、その闇を光に変えて共に新しい世界へ移行しましょう。

この素晴らしいエネルギーを光華するためのお手伝いをしているのが、ルキアスと共に歩んでいる華永とスタッフです。そして、２０１７年８月現在、４２４名のルキアスヒーラーが誕生しています。魔法のような奇跡を起こすエネルギーですが、百聞は一見にしかず。ご興味がある方はぜひ一度、仙骨改善法からトライしてみてください。

あなたにお会いできる日を、心から楽しみにしています。

ルキアス・アセンション倶楽部　華永

華永（かえい）

1950年生まれ　女性。
熊本生まれ福岡育ち。1968年より東京へ移る。
1972年より東京都町田市在住。
ルキアスエネルギー・グランドマスター。
ルキアス・アセンション倶楽部代表。
ヒプノセラピスト（日本催眠学会会員）
算命学＋ダウジング＋セラピーカードによる運命鑑定士

2005年無条件の愛を体験し2006年ルキアスエネルギー降臨。ルキアスの指導の元、魂の学びを深め、人々と共に次元上昇の旅を続ける。

2012年量子場整体が誕生し、量子を使って肉体の改善を開始。2016年「仙骨改善法ルキアス」が誕生。現在はアセンションサージャリー®で能力開発も進めている。
毎日が進化の連続。

ルキアスエネルギーホームページ
https://lucias.jp/

ルキアスアセンション倶楽部
TEL　042-703-6506 Fax042-703-4203

肉体《にくたい》と共《とも》に次元上昇《じげんじょうしょう》する
ルキアスエネルギー

華《か》　永《えい》

明窓出版

平成二九年十二月六日初刷発行

発行者 —— 麻生　真澄

発行所 —— 明窓出版株式会社
〒一六四—〇〇一二
東京都中野区本町六—二七—一三
電話　（〇三）三三八〇—八三〇三
ＦＡＸ（〇三）三三八〇—六四二四
振替　〇〇一六〇—一—一九二七六六

印刷所 —— 中央精版印刷株式会社

落丁・乱丁はお取り替えいたします。
定価はカバーに表示してあります。

ISBN978-4-89634-381-6